C H V

Sigrid Behrens

Diskrete Momente

Carl Hanser Verlag

1 2 3 4 5 11 10 09 08 07

ISBN 978-3-446-20815-5

Satz: Fotosatz Reinhard Amann, Aichstetten
Druck und Bindung: Friedrich Pustet, Regensburg
Printed in Germany

[Hier wird angenommen, dass intern ein Strom von diskreten Momenten erzeugt wird, die nicht weiter zeitlich aufgelöst werden können.]*

I.

Es ist Nacht. Ich baue ein Haus. Ich stelle es vor mein Fenster, damit ich es genau anschauen kann. Es ist ein großes Haus, es hat viele Stockwerke und ein flaches Dach, es ist nicht sehr schön, es ist nicht sehr alt. Bei Tag behält es das Sonnenlicht für sich, schluckt es stumm in seine dumpfen Mauern und schließt es ein, ohne dass sich die Farbe des Hauses verändern würde; bei Nacht verschmilzt es mit der fahlen Dunkelheit und lässt die Fenster stehen wie aufgehängt vor dunklem Grund.

Ich sehe es mir an. Einige der Fenster sind hell erleuchtet; die meisten, hohl, reißen Wunden in die Fläche, untiefe Fallen mit scharfen Kanten, weit dunkler als die sie umgebende Nacht. Von oben nach unten wandert über die Häuserfront das Treppenhaus, milchverglast; ich höre das Ticken der Zeitschaltuhr, ehe das Licht im Flur erlischt. Ich stelle mir vor: einen Hausflur bei Nacht, reinliche Stille um Briefkastenschlitze, Putzmittel in die Fußabtreter gepresst; der gesamte Boden dünstet Citrus, und graublaue Schlieren beleben den Grund, verlaufen zum praktischen Muster. Die Kinder holen sich dort Gespenster, faustdicken Nebel, Dreck in den Ecken: von schmutzigen Schuhen; vom nassen Pelz der Hunde; vom klebrigen Saft, der aus undichten Müllbeuteln tropft, wenn sie zu lange warten vor den Türen (auf einen Anwohner, der doch das Haus nicht mehr verlässt).

Ich habe das Haus noch nicht betreten. Ich stelle

mich vor die Haustür und weiß: es ist keine Zeit für unangemeldete Besucher. Es ist tief in der Nacht, und auch ich sollte schlafen, es ist Nacht, es ist Herbst, und wie ich steht die Zeit an der Schwelle zum Winter. Ich stelle mir vor: die Tür des Gebäudes, und sehe dahinter: einen Hausflur bei Nacht. Strecke meine Hand aus nach dem Knauf; öffne die Tür; ich habe keinen Schlüssel, ich komme dennoch hinein, ich gehe zu den Briefkästen und schaue auf die Namen. Es soll hier einen Menschen geben, beschließe ich, und füge seinen Namen den anderen hinzu. Einen Fahrstuhlfahrer: Er wohnt im letzten Stockwerk unter dem Flachdach, er hört den Regen am lautesten. Er hat einen Beruf, er muss früh aufstehen, ich kann ihn am Morgen sehen, wenn er zum Fenster geht, ich kann beobachten, wie er seine Rollläden hochzieht, es ist sehr früh dann und er sieht nicht müde aus. Dieser Mensch wohnt allein. Er verlässt das Haus am frühen Morgen und kommt zurück, wenn man zurückkommt von der Arbeit, er ist pünktlich, er ist ohne Eile, und ist er zurück, so verlässt er das Haus nicht mehr. Dann kommt der Abend, und dann kommt die Nacht.

Zum Beispiel: jetzt. Jetzt sind zwei seiner Fenster zu sehen. Zwei seiner Fenster gehen nach Norden, er hat trotzdem Licht in seiner Wohnung, sie liegt hoch, sie bleibt hell; seine Wohnung hat nur zwei Zimmer, dafür nach Osten den Balkon, und im Osten geht die Sonne auf. Das kleine Zimmer geht nach Norden, daneben die Küche, daneben das Bad, daneben die Tür zum Treppenhaus: nach Norden der Hof, die nahen Gebäude. Nach Osten hingegen: das größere Zimmer, nach Osten die tiefen, die größeren Fenster, und dahinter (davor) eine leuchtende Weite bei niemals verdunkelter, dunkelnder Nacht. Nach Osten der Ausblick auf die Stadt.

Dieser Ausblick: bei Tagesanbruch weiter noch, der großen Fenster, der Uhrzeit wegen; der Balkon dann (forsch) in den Morgen gehängt, dann strömt der neue Tag in das zeitlose Zimmer, selbst ohne Sonne, dann fließt das Licht, sei es klar, sei es grau, und fließt und strömt und erhellt jede Wand. Geht man auf den Balkon hinaus, so sieht man die Stadt hinter den gegenüberliegenden Gebäuden liegen, sieht das Ausmaß, ahnt die Fläche; dann kann man nicht sehen, dass die gegenüberliegenden Gebäude dem eigenen gleichen, in Formen, Fenstern, Fassaden verwandt, die Balkone wie Schubladen: sauber aus den Zimmern herausgezogen. Und tritt man dann vom eigenen Balkon zurück in das Zimmer, so hat man schon wieder vergessen, wie hoch die Wohnung liegt; doch macht die Höhe das Zimmer geräumig, der Ausblick auf die Stadt weitet sacht jede Wand.

Die dem Balkon gegenüberliegende Wand grenzt an das Schlafzimmer. Das Schlafzimmer grenzt an die Küche, die Küche an das Bad, das Bad an den Fahrstuhl. Dem Bad gegenüber die Eingangstür, das Nadelöhr in jede Wohnung

Halt!

: Dort tritt man hinein, wenn man hereintreten darf, dort bleibt man fern, wenn es

Na?

–wenn es den Menschen gar nicht gibt. Dann: die Tür verschlossen, ohne Nachhall der Name. Dann bliebe man im Treppenhaus und er allein,

Noch! Dass man sich
dann
schützen kann–

ginge er zur Tür herein und ließe uns im Hausflur stehen, dann schlösse er sorgfältig die Tür und hielte inne, bewegungslos im schmalen Flur, und stünde beinahe im Badezimmer. Die Tür zum Bad verschlossen. Der Flur nur Boden und Wände. Der Flur nach der Tür eine Schleuse, sonst nichts, der Boden (allein) ein gangbarer Grund. Drehte sich nach rechts, der Gang in die Küche. Ginge vorbei, den Flur entlang, im rechten Winkel fort von der Tür; der Gang durch den Flur in die Wohnung hinein: er, bedächtigen Schrittes, allein.

Dieser Mensch: Wir werden ihn Robert nennen. Wir–

Tu nicht so, du bist allein.
Wir
gut: wir

beginnen damit, dass es ihn gibt. Er also *Robert* allein in seiner Wohnung; es ist Nacht, und er, Robert, ist nicht allein in seiner Wohnung, denn er, dieser Mensch, ist unter vielen allein in diesem Haus. Ein Blick auf die Klingelschilder würde genügen, nach draußen, zurück, an den Briefkästen vorbei; ein Blick auf die Höhe des Gebäudes, man könnte sehen: andere Anwohner, *zahllose Namen, man müsste versuchsweise Namen lesen, beschlössen wir, und fügten ihre Geschichten der eigenen hinzu,* zum Beispiel: einen Jungen, liegend im Bett um diese Zeit, träumend; einen alten Mann, nächtens wach in seiner Küche, am Herd stehend (um diese Zeit) und ins Gespräch versunken: mit einem Vogel, lebendiger als seine tote Frau; dazu eine Greisin *im Bett liegend um diese Zeit,* wir fragen uns, ob sie noch lebt; dazu noch eine junge Frau, im Bett auch sie, um diese Zeit, wir werden nachschauen *später,* ob auch sie schläft (wie dieser Mann gleich an ihrer Seite, durch ihre Träume fahrend) *jetzt* (als wären es die seinen), oder ob sie wacht; weiter dazu eine weitere Frau, *eine andere,* die jünger aussieht, als sie tatsächlich ist, sitzend *jetzt* im großen Zimmer, umgeben von ihrer strahlenden Wohnung, hellwach und erleuchtet und ganz und gar still; und allen voran *zu sehen vor allen Fenstern:* ein Mann auf seinem Balkon *es ist nicht Robert,* ein Mann, der steht auf seinem Balkon und hält die Brüstung mit beiden Händen, dass er hinabschauen kann auf die Zufahrt dieses großen Hauses, die nächtens befahrene Straße (nicht abnehmend der Verkehr, um diese Zeit), hinabschaut auf seine Hände, Füße.

Sieben Geschichten aus zahllosen Namen, so zum Beispiel *könnte es sein.*

Dieser Mann: Wir werden ihn Karl nennen. Wir sehen, wie dieser Mann, Karl, stehen bleibt auf seinem Balkon, trotz der Kälte (es ist Herbst), die Tür geöffnet in das große Zimmer der Wohnung hinein; regungslos an die Brüstung gelehnt, als sei er gerade eingeschlafen. Als hätte jemand (auch er ist allein) den Mut besessen, bei leichtem Frost das Fenster zu öffnen, die Luft zum Schlafen, die Decken so warm. Als schliefe jemand *er* im Wohnraum der Wohnung und wäre eben aufgestanden, hätte sich am

Sofa vorbei in leisen Schritten zum Fenster bewegt, ein Blick auf die schwere Uhr an der Wand, ein Blick auf die eichenfurnierte Zeit *auf kurz vor drei*; wäre am Fenster vorbei auf den Balkon gegangen, ein wenig Luft zu holen, die frische Luft, sich hemdsärmelig festzuhalten an der Brüstung und hinabzuschauen *was ist schon dabei*, seine Gedanken zu hängen an den Strom von Autos, die auch jetzt noch die Stadt nach Süden verlassen *nur in Gedanken*, die Hände an die Brüstung gekrallt, die unruhigen Hände, die Augen wahllos an eines der Fahrzeuge geheftet, und fort, immer fort, in Gedanken endlich fort zu gleiten– Das ist Karl.

Jetzt sind zwei seiner Fenster zu sehen. Zwei seiner Fenster gehen nach Süden, Karl hat immer Licht in seiner Wohnung, sie liegt nicht ganz so hoch wie Roberts Wohnung, sie bleibt dennoch hell; auch seine Wohnung hat nur zwei Zimmer, und nach Osten hinaus steht der große Balkon. Das kleine Zimmer geht nach Süden, daneben die Küche, daneben das Bad, daneben die Tür zum Treppenhaus: nach Süden die Wand zum nächsten Gebäude, nach Osten auch hier das größere Zimmer, und dahinter (davor) diese leuchtende Weite bei niemals verdunkelter, dunkelnder Nacht; nach Osten der Ausblick auf die Stadt. Hinter dem Ausblick der stehende Karl, gleich vor dieser Aussicht; keines seiner Fenster ist erleuchtet, sichtbar nur sauber bemessene Quadrate, strenge Rahmen, und davor *darin, verschwindend,* er. Karl *sein Bild* richtet im Dunkeln den Blick in die Nacht, er *Karl* kennt sich aus in der Dunkelheit *er lebt seit Jahren darin* und wie im Schlaf wird er später *viel später* zurücktreten in das große Zimmer, die Balkontür wie im Vorbeigehen schließen *und durch den unbeleuchteten Flur zügig (hellwach) die Wohnung verlassen.*

Noch *aber ist es nicht die Zeit, noch* denkt der schlaflose Karl im Kreis, anstatt zu gehen, anstatt zu schlafen; Karl richtet im Dunkeln den Blick in die Nacht *wie man sieht,* nicht nach oben, auf den Balkon, der den seinen überdacht, der wiederum überdacht wird von einem zweiten, letzten Balkon, der seinerseits dem Roberts gegenübersteht *(die einzigen Bewohner, die frei atmen können, nach oben, offen)*; Karl blickt nicht hinauf zu den leuchtenden Fenstern der Nachbarin über ihm, leuchtende Fenster nach Osten hinaus, er könnte sie ohnedies nicht sehen, mit Mühe erahnen: den hellen Schein ihrer überstrahlten Zimmer, verborgen hinter dem verdunkelnden Balkon, unsichtbar das Licht, das man *das er* doch hören kann *allein,* täglich, nächtens in Stimmen sich bewegen durch ausgeleuchtete, fremde Räume, und auch sie

Name?

die wir Edith nennen werden *(gegen ihren Willen)*: sie lässt sich am Fenster nicht blicken.

Über Karl, links unter Robert: Ediths Wohnung. Wir richten im Dunkeln den Blick in die Nacht und sehen: dieselbe Größe, derselbe Schnitt. Auch hier: Nach Osten hinaus steht der große Balkon, das kleine Zimmer geht nach Süden, daneben die Küche, daneben das Bad, daneben die Tür zum Treppenhaus; nach Süden die Wand zum nächsten Gebäude. Nach Osten auch hier das größere Zimmer, die größeren Fenster. Aber hier: Hinter jedem der

Fenster gleißendes Licht, keiner der Räume wurde vergessen; die Wohnung strahlt in die Weite hinaus, ergießt sich durch jedes einzelne Fenster in das trübe Dunkel der Nacht hinein. Selbst das raue Glas des Badezimmers, selbst der Flur: alles brennt. Am schönsten aber das große Zimmer, am klarsten strahlt es vor dem Balkon. Dabei würde selbst dort eine Deckenleuchte reichen. Eine Stehlampe dazu, vielleicht. Es ist schließlich kein großer Raum, nur weil er der größte in der Wohnung ist; er bietet keine dunklen Ecken, in die kein Lichtstrahl dringen will, im Gegenteil, man kann alles sehen, man kann sich ohne Mühe bewegen, oder sitzen, oder lesen (bequem), zwischen Sofatisch und Couch und Kommode und Regal, zwischen Heimkommen und Ablegen und Fernseher und Schlaf, dies ist kein Raum für große Schritte. Im Grunde bräuchte man gar kein Licht. Fast könnte man meinen, das Licht der Gebäude vor dem Fenster dürfte reichen, um ohne Mühe den Flur zu finden. Man könnte sich beruhigen mit dem Wissen, dass im Notfall der Ausgang zu finden wäre, auch in der Nacht, wenn kein Licht mehr brennt; hinaus in das Treppenhaus, wenn es brennt, die Stufen hinuntergeweht vom sechsten Stock ins Erdgeschoss und hinaus auf die Straße, das ist auch ohne Fahrstuhl zu schaffen (hinunter ist es immer leichter als hinauf), hinaus ins Freie *auf tauben Füßen* jenseits dieses einen Zimmers: Das Licht der Stadt, es würde reichen, das fahle Licht zum Fenster hinein.

Doch so ist es ja nicht. *Vielmehr ist es–*

Es ist so, dass die Deckenleuchte nicht reicht *das dreiste Licht zum Fenster hinaus*, es ist so, dass an den vier Steckdosen des Wohnzimmers vier Kabel hängen, damit all die Lampen leuchten können, die leuchten sollen. Es brennt: eine Stehlampe neben dem Sofatisch, eine Nachttischlampe auf der Kommode, und noch eine am Boden, gleich neben der Tür. Auf dem Fernseher ein tagheller Strahler gegen die Scheiben, und noch eine Leuchte im Bücherregal, auf der Fensterbank, an der Schwelle zum Balkon, an der Kante des Tisches, am Fuße der Couch, auf der sanft geschwungenen Sessellehne. Wie diese Frau. Eine Frau sitzt dort und hält eine Leuchte in der Hand, eine Frau sitzt ruhig und strahlt wie der Raum, lässt sich das Gesicht erhellen vom vielen Licht, dass man sie jünger schätzen würde, als sie tatsächlich ist; eine alterslose Frau gibt nicht acht auf das Licht hinter dem Fenster, das unauslöschliche Licht der Stadt, das ihr den Weg weisen könnte hinaus in den Flur, im Notfall, wenn es brennt, wenn der Strom ausfällt und das Licht erstirbt. Die Frau hat alles an das Stromnetz angeschlossen, was nur brennen kann, sie weiß: hier wird

was!

nichts passieren, kein Notfall

weißt du, was

wird sich ihr nähern, kein Ausfall

denkst du–

treibt sie auf die Straße, nichts wird ersterben, nichts mehr als sonst, sieht man ab von der Zeit *(und selbst die steht still).* Auf dem Sessel sieht man die Frau im Schein der Lampen sitzen *wie still*, den überwachen Blick auf die Leuchtanzeige des Videorekorders gerichtet, in den Bildschirm des stummen Fernsehers hinein (diese tonlosen Münder), die Ohren gespitzt auf das Ticken der Uhr aus der Küche; dort sitzt die Frau *dort sitzt sie: Edith* und muss sich das Ziffernblatt der Wanduhr, verlässlich über der Küchentür hängend, nicht mit eigenen Augen ansehen gehen, hört das Ticken und sieht das Blinken und sitzt dort *wie still*: und zählt.

Ediths Räume, das Licht und ihr leises Zählen spiegeln sich in der Nachbarwohnung. Gleich neben Edith dieselbe Größe, derselbe Schnitt. Auch hier: nach Osten hinaus der große Balkon, das kleine Zimmer geht nach Norden, daneben *schon wieder* die *schmale* Küche, daneben das Bad, daneben *die Tür,* das Treppenhaus; neben Edith *wie bei Edith* wie bei Robert *wie bei allen* fällt kein Schatten durch die Fenster, allein der Schatten der gegenüberliegenden Gebäude; wie bei Edith ist das Stockwerk daneben dasselbe. Der Rest ist Gegenstück: hier links, dort rechts, hier Licht, dort Nacht, hier reif, dort jung; hier Fülle, dort Leere, hier der Blick, dort der Schlaf, hier allein, dort zu zweien. Blickt man in das Schlafzimmer der jungen Nachbarin hinein, in das kleine Zimmer nach Norden hinaus, so lässt sich nur mit Mühe erkennen, dass sie, die

Name?!

Schlafenden, aus zwei Körpern bestehen. Sie, die

Was keinen Namen hat, verunsichert!

–die sich Helene nennt, liegt neben einem Mann. Ihr Körper atmet neben dem seinen, eingebettet in seinen Schlaf; er schöpft von dem ihren. Eine Landschaft im Dunkeln: Fehlt nur das Aufgehen der Sonne hinter den zwei Hügelketten, die sich erheben aus der Ebene, weich gebogen, hinweggeglitten, unter samtig schwerem, warmem Schwarz. Liegt als Decke über der Decke, schützt die Körper, wo die Decke nicht schützt. Sie liegen frei, sie atmen ruhig, kaum dass sie sich unterscheiden ließen: zwei Körper wie eins, die Gliedmaßen verflochten; nahtlos verwobene Grenzgebiete, eine Insel inmitten dieser Fläche, eine Hügelkette auf dem Inselbett. Was das Bett in der Fläche, ist der Schrank an der Wand; was die Insel im Raum, sind die Atolle am Boden: ein kleiner Tisch, eine kleine Truhe, ein verlorener Schuh, ein Fernsehgerät. Kleidungsstücke darüber verstreut, Körperhüllen; eine Tasche, eine Tasse, ein Telephon *tonlos*; nichts, was ein Geräusch von sich gäbe, nur dieser doppelte Atem.

Zum Schließen der Tür ist es nicht gekommen. Halb offen ragt sie in den Raum und lässt den Blick frei in den Flur. Wenn denn die Augen offen stünden. Wenn es denn mehr zu sehen gäbe als den Schleier jenseits der Mauern, die Nacht, die ihren nebligen Arm durch das Wohnzimmerfenster streckt, in das große Zimmer und durch den Flur bis hinüber zu dieser Tür. Kaum, dass sie die wenigen Gegenstände zurechtrückte: die Bücher an den Wänden, unordentlich in ihr Regal gezwängt; den Radiowecker auf dem Küchentisch, träge blinkend *kurz vor drei*; das verschlissene Sofa im großen Zimmer, davor, am Boden, die zweite Tasse; den leuchtend weißen Kittel, im Flur sorgfältig über die Stuhllehne gelegt, und darüber, seltsam verloren, eine Postkarte an der Wand, *Greetings from Cal–* nein. Das trübe Licht weist den Weg aus dem kleinen Zimmer heraus, mehr nicht. Das Licht zeigt nicht in das Schlafzimmer hinein, es erhellt nichts von dem, was hier in sich ruht: zwei Körper unter einer Decke, zwei Atem wie einer in diesem Raum, zwei Arme verschränkt um des anderen Hals. Nichts, das sich regte in dieser Wohnung, nur dieses Paar Augen, eines von zweien *Helenes*, allein.

Und während wir Helene die Augen aufschlagen sehen, die Ohren auf das Atmen des Mannes gelenkt, dieses beständige Auf und Ab, das dem fernen Rauschen des Verkehrs so ähnelt; während Helene, wachsam den eigenen Atem prüfend, der Augen nicht bedarf, des dünnen Lichts, um sich liegen zu sehen im eigenen Bett, als wäre es nicht *das ihre, als sei sie sich abhanden gekommen in den Armen eines fernen Menschen, als wäre nicht* eigentlich Zeit zum Schlafen; währenddessen steht ein anderer Mensch einige Stockwerke unter dem ihren, in seinen vier Wänden, nicht liegend um diese Zeit, wie schlafend (als ob) *nicht.* Stattdessen die Augen und Ohren *die alten* weit offen, steht ein alter Mann in seiner Küche, in einem kleinen Raum, steht *der alte Adam* vor braungrauen Kacheln, körnig weiß unterlegt an den Wänden; steht wie diese Nacht auf dem Küchenboden, warm meliert und unscheinbar, abgestellt auf gebrochenes Grau, eine Farbe oder eine Erscheinung, eine Absicht oder eine Folge der Zeit. Wir ahnen Ordnungen, Tage, Stunde um Stunde, und darunter die Fliesen, klein und tief, bald uneben liegend, in Teilen gebrochen. Adams alte Küche: ablesbar die zahlreichen Gänge, Tritte, Stuhlbeine *immer die gleichen,* nachweislich sichtbar *fühlbar fast* die verschobenen Tische *die zahllosen Schritte*, das plötzliche Aufreißen eines der Fenster. Großer Körper, Bedächtigkeit. Kleiner Körper aus rascher Bewegung, *dehnbare Jahre, ausschweifende Gesten, Wiederholung gerieben in den Boden hinein, die Spalten zwischen den Teilen verdichtet* und darunter die Fliesen: sie halten die Spuren, sie liefern einen Grund, sie setzen sich ab von der grünlichen Wand. Denn oberhalb der Kacheln stehen grünliche Höhen, den Raum zu deckeln, mattdunstig und dunkel. Und zwischen Deckel und Boden steht die Nacht im trüben Fenster, zwischen Grund und Boden und moosigem Dach hängt eine wattige Nacht in der Wand. Dort

schaust du hinein

bleibt das Licht der Lampe dagegengesperrt, zur Seite das Fenster, nach hinten die Wand; dort stemmt sich das Licht auf verbrauchte Kanten, hält sich an zerklüfteten Flächen und lässt sich achtlos hängen von der Decke, stützt sich wie Adam

wie du

auf die Tischfläche, das Fensterbrett, auf Kühlschrank, Spüle, Heizung, Herd. Hier, der alte Kocher: Auf dem Herd, das Wasser kocht, das Pfeifen des Kochers klingt mager, gebrochen, und neben dem Kocher

da!

ein großer Topf, aus dem es gluckert, satt und klebrig. Weckgläser auf dem Fensterbrett, unter dem Dunst in sauberen Reihen; lose Birnen, Zuckermengen, alles beisammen auf dem Tisch; eine Schüssel voller Birnengehäuse, Kochgeschirr daneben und scharfe Messer, ein verklebter Teller, ein feuchtes Tuch, Marmeladengläser,

Gummiringe. Und dann steht da noch eine Kaffeekanne, groß und klar, ihr Bauch das Licht der Lampe spiegelnd; eine hohe Kaffeekanne steht bereit, auf ihrer Öffnung ein klobiger Filter aus nicht mehr weißem Porzellan; und davor der Mann. Zwischen alledem, inmitten des Dampfes *nicht zu vergessen* steht ein alter Mann *steht Adam* in diesem kleinen Raum. Das Fenster, durch das wir seine Schemen erkennen, eine Lichtung im städtischen Wald; stumpf strahlt es in die Nacht hinaus und tut es den schwachen Augen und Ohren gleich: es bündelt seine Kräfte. Und das ist nicht alles, denn Adam spricht. In diesem Haus ein Mensch, der nicht für sich alleine denkt; der alte Mann ist nicht allein, es trippelt und flattert durch die Zweige der Bäume, gemeint ist nicht ein Wald *verlegen nicht sein Kopf*; die städtische Nacht fällt ein in den Raum, nistet sich ein im Küchengeruch, verschwimmt mit dem Muster der grünen Wand, und wir hören das wache Trippeln eines Vogels auf den Fliesen, während der Mann seine Küche durchquert. Adam ist nicht allein, ein gelber Vogel folgt seinen Schritten wie

du?

–wie wir, umgeben vom warmen Licht; in seiner warmen Küche steht in gelbem Licht ein alter Mann, steht jenseits dieser kalten Nacht und kocht.

Adams Schritte auf den alten Fliesen: keiner, den sie stören könnten. Dünn sind die Wände des ganzen Hauses, die Stockwerke deutlich hörbar übereinander gelegt, und doch: keine Seele unter ihm, die sich wundern müsste über die behäbigen Schritte zu so später Zeit (dass sich ein alter Mensch bewegt anstatt zu liegen). Eine Seele, natürlich: doch kein Wundern. Unterhalb von Adams Küche liegt eine Seele in ihrem Bett, Augen und Ohren verschlossen; liegt auf dem Rücken in ihrem Bett, unscharf vom Straßenlicht beschienen, und atmet noch, verwundert fast, und ohne dabei den Brustkorb zu heben; in jedem Fall: wir sehen es nicht. Wir sehen: ein Bett, einen Tisch, einen Kleiderschrank auf brauner Auslegware stehen; vor dem Bett ein kleiner Läufer, auf dem zierlichen Tisch ein frischer Strauß, ein Fernsehprogramm, ein übergroßer, klobiger Wecker, die schmalen Zeiger im rechten Winkel, fast *kurz vor drei* nicht zu erkennen; an die Seitenwand des Schrankes ein Kalender befestigt, Geburtstage, Namenstage, seit Monaten unverändert, beharrlich behauptend, es sei immer noch März. Wieder ein Schlafzimmer *also* in diesem Gebäude, eines unter vielen, unscheinbar; wäre nicht dieses Bett.

Man hat es so ausgestattet, dass das Liegen erträglich wird. Bestenfalls wird hier das Liegen vergessen, verfängt sich als Geste im Gestänge, das die Fläche einzäunt, sinnvoll zum Anbringen von Haken, von Hilfsmitteln, Gurten, Schildern, nützlich zum Festhalten, Aufstützen, Rütteln. Als würde es sich weigern, das zu sein, was es ist: ein Bett, das man nicht mehr verlassen kann, in das man kaum zum Liegen kommt, allein. Ein metallenes Bett, das leuchtet in der Nacht, dessen weißgestärkte Laken das magere Licht der Straße reflektieren, das Licht der Laterne unweit des Fensters; ein großes Gerät mit Rädern und Rollen, viel zu schwer für diesen kleinen Raum. Es drückt sich in die Auslegware, es passt nicht zum Photo an der

Wand. Das stählerne Bett hat Platz genommen gleich neben dem Fenster, sodass man hinausgucken kann, durch das Gestänge; es hat seinen Platz gefunden an der Wand, an der womöglich das Ehebett gestanden hat, früher, das seit langem verwaiste *zum Beispiel*, das seit Jahren zu große *womöglich*, das mitgenommene *von den Reisen, aus Übersee* vielleicht *wohin es mitgenommen worden war, Jahrzehnte früher* vom Leben zu zweit. Die endlose Weite des Doppelbettes eingetauscht gegen die Sicherheit des Gestänges; das warme Kirschbaumholz eingetauscht gegen den stählernen Glanz der Stangen und Schilder und Haken und Schnallen, die schweren Füße gegen feststellbare Rollen, Federkern gegen Rückenlehne, den süßlichen Geruch alter Kissen, staubgesättigt, eingetauscht gegen den betäubenden Dunst von Desinfektion: So sieht es aus.

In diesem Dunst liegt ein Schatten. In diesem Bett. Der Schatten, sehen wir, hat zwei Hände. Zwei Hände sind vergessen worden auf dem blanken Laken, zwei porzellanene Hände, und nicht hinschauen möchten wir, aus Sorge, ein Blick allein könnte sie auseinanderbrechen; die Finger so schmal vom Handteller ab, die Nägel ruhend in ihren Betten, auch sie nicht mehr bereit zu wachsen. Hier wird nicht gewachsen, hier wird verschwunden. Hier liegt ein Schatten und verschmilzt mit dem Laken, kaum dass er eine Erhebung böte, eine Wölbung über die Matratze hinaus; hier fügt sich ein schmaler Körper nahtlos ein in die glatte Fläche, ein sehr krankes Kind, ein sehr altes Leben. Das Leben liegt im fremden Dunst und ruht. Das alte Leben hat aufgehört zu werden und will nur noch sein. Der schmale Schatten gehört zum alten Leben Dora und wartet auf ein Ende.

An der Wand ein zweiter Schatten
nicht deiner

: an der Wand im Rahmen ein zweites schmales Gesicht, ein altes Kind, das strotzt vor Leben, ein junges Lächeln, farblos und frisch. Auf dem Photo ein Kind vor einem Feld, ein fröhliches Kind mit unsterblichem Gesicht, ein Sommerlicht und ein reifes Feld, hoch steht der Mais, im Hintergrund ein Bruch, ein Waldrand auch, in der Ferne ein Haus. Das Kind trägt ein helles Kleid und hat etwas Kleines an der Hand, das Kind hält ein weiteres Kind, das nicht in dieselbe Richtung schauen will, das sich umgedreht hat nach dem Haus und zurückschaut in die Ferne; das kleine Kind tut es der Schwester nicht gleich, schaut nicht nach vorne ins Objektiv, sondern nach hinten, zum Haus, auf das Feld, und folgt man dem unsichtbaren Blick des kleinen Bruders, so entdeckt man, dass das Feld sich bewegt, und es ist nicht der Wind, dass sich Köpfe recken neben den Kolben, dass Körper sich davonschleichen, an den langen Stängeln der Pflanzen vorbei, dass zahllose Füße über den ausgedörrten Feldboden laufen, kurze Beine, schnell, und fort, nach hinten, um in der Tiefe des Feldes zu verschwinden. Der Junge aber wird festgehalten, der Bruder lässt nur seinen Blick laufen in die Tiefe der alten Photographie, während seine Füße nach vorne weisen und sein rechter Arm noch immer an der Schwester hängt, die ihn hält mit starker Hand wie ein mitgebrachtes Gut, wie eine reich gefüllte Tasche, wie einen Hund, der gelernt hat, zu gehorchen. Die Schwester lächelt in die Kamera hinein, aus dem Bild heraus, fast scheint es, als wüsste sie nicht um die Kinder im Feld, um das Haus in der Ferne und die heiße Sonne, vielleicht hat die Schwester den Bruder vergessen; das Mädchen schaut friedlich nach vorne und lässt sich das Kleid um die Beine wehen vom sanften, sehr warmen Wind. Das Mädchen Dora schaut aus dem Bild heraus und sieht die Greisin Dora sich in den kühlen Falten des Lakens verlieren, bewegungslos; kaum dass sich noch unterscheiden ließe, welche Zeit, welches Bild, wie warm das zarte, papierene Gesicht; welche der beiden sich nicht mehr bewegt.

Wir sehen alles, und Dora–

Es soll hier diese Menschen geben, beschlossen wir, und fügten sieben Namen–

–Dora ist nicht die letzte. Allein

–versuchsweise lebend, beispielhaft, als Auszug eines großen Ganzen, dem randlosen Körper dieser Stadt, wo–

Dora in diesem schmalen Körper, jenseits des Traums, vergessen in ihrer Erinnerung; nicht die einzige, die diese Nacht (diese eine) im Zwischenstand verbringt. Hört nicht den Verkehr unterhalb ihres Fensters; nicht den Nachbarn *Adam* über ihrem Kopf, hört keine Schritte auf alten Fliesen. Sieht nicht den Widerschein der Straßenbeleuchtung, die auf das Bett, den Läufer, den Tisch *und den Wecker*, den Boden ihres Zimmers fällt; nicht den Strom von Autos, die die Stadt nach Süden hinaus verlassen *das plötzliche Abdunkeln der Scheinwerfer, wenn sie hinter dem nächsten Wohnblock verschwinden: dass einer auf dem Balkon stehen könnte, dies zu beobachten; eine im Bett, dies zu hören; eine im Wohnzimmer, dies zu verachten*: Die Seele Dora wie leblos im Bett, fern all dieser Dinge.

Anders wieder im untersten Stockwerk, am Fuße des Gebäudes; wieder anders ein anderes Schlafzimmer, gespiegelt in die linke Hälfte des Hauses, den Blick nach Süden, auf den Hof, den Blick nicht weit auf die gegenüberliegenden Gebäude, nicht über fremde Dächer hinweg, sondern tief, in den Hof hinein: Im Wachen, bei Tag, der mögliche Blick eines Jungen, es soll hier einen Jungen geben, ich

ich!

–wir hatten es beschlossen. Wir sehen ihn liegen, in seinem Bett, auch er *wie Dora* im Zwischenstand; wir sehen ihn *nicht wie Dora* vorbehaltlos schlafen, den Verkehr durch seine Träume fahren, das diffuse Licht der Scheinwerfer vorübergehend auf seinem Gesicht. Der Junge, dessen Name wir am Klingelschild lesen könnten, den wir Philipp nennen, *endlich, so* wie es *auch* seine Eltern tun: er lässt das Licht über sich hinweggleiten, ohne die Augen darauf zu richten. Es ist deutlich zu sehen, trotz der Geschwindigkeit: Wir sehen die Flüchtigkeit des Verkehrs, trotz der Dunkelheit, wir sehen sogar, wie sich eines der Fahrzeuge in die Kurve legt, um ein anderes Auto zu überholen. Wie es (mutig) auf die Kurve keine Rücksicht nimmt, wie es ausschert *jetzt!* und an Tempo gewinnt, wie es beschleunigt und den Motor an seine Grenzen treibt *wie viel Stundenkilometer, wie viel Zeit!*, das Auto fährt mit seinem Gegner auf gleicher Höhe, und sähe man den Fahrzeugen nicht die Geschwindigkeit an, es könnte eine Spazierfahrt sein, eine Ausfahrt über die Küstenstraße *nach hinten der Blick auf das blaue Meer, die krausen Wellen von der Sonne beschienen, sorgfältig bis in alle Ferne*: wenn es Ruhe gäbe, auf dem Bild *es könnte eine Spazierfahrt sein.* Das Bild aber bildet das Tempo ab, das Bild behält zwar den Lärm für sich *und den Geruch der Motoren, der heißen Reifen, des glühenden Pflasters*, doch zeigt es die Geschwindigkeit, auch dazu hängt es an der Wand. Das Abbild rühmt sich seines Unvermögens, stolz legt es uns seine Unschärfe dar, den Einsatz des Photographen, den untrüglichen Blick, mit dem dieser im richtigen Moment, im einzig richtigen, den Auslöser betätigt hat, hingekniet in die Böschung, das Stativ abgestellt auf unwegsamem Grund, den Schotter im Blick, nicht aber ins Objektiv, die Hand ein Schutz gegen den spritzenden Schotter, wie schnell das geht, blitzlichternde Sieger, und schon *wieder* vorbei. Denn was dann kommt, die vielen anderen Rennfahrer, die da folgen in der Ferne, das Dutzend zu vervollständigen, des Wettkampfes wegen: das zählt nicht, nur die ersten beiden sind es, die zählen, austauschbar in ihrer Geschwindigkeit, der eine des anderen pfeilschneller Schatten, unerlässlicher Spiegel, eine doppelte Einheit, angetreten um jeden Preis: in zweifachem Widerstand gegen die Luft, die Steigung der Straße, die Reibung des Pflasters. Undenkbar die Aussicht auf das Meer.

Auf dem Poster die Autos, sie rasen. Festgehalten in ihrer Bewegung, in voller Fahrt durch die Dunkelheit. Hinweg über das hölzerne Bett, die Nachttischlampe, den bunten Wecker, die Zeiger gerichtet auf kurz vor zwei; vorbei am Schreibtisch, am Fernglas, am Fensterbrett, an den Turnschuhen gleich rechts der Tür. Kein Blick der Fahrer ins Regal, wo ein Karton steht zwischen den Büchern, mit dickem Filzer beschriftet ein

lies doch: »Autos (klein)«

–ein zerdrückter Karton, ein Behältnis, das die Bücher stützt und einen Stapel Hefte beschwert. Das hölzerne Bett, die zerklüftete Landschaft: Als führte sie die Küstenstraße fort, als ließe sich ahnen, wie die Autos *(klein)* über die weiche Kuppe der Steppdecke glitten, bei Tag gelenkt von der Hand eines Kindes; die kleinen Autos ein kleiner Grund, das große Bett zunächst nicht zu räumen, nicht die Decke geradezuziehen, das Kopfkissen auszuklopfen, dem Wunsch der Mutter zu entsprechen, rechtzeitig das Frühstück zu beginnen, endlich nach dem Ranzen zu greifen, pünktlich in die Schule zu gehen.

Wir sind noch immer nicht gegangen. Wir stehen weiter *draußen, davor* und hören *weiter* den Verkehr, wir nehmen Abstand und besehen das Ganze *aufmerksam das ganze Gebäude*, wir *können kaum anders, wir* sehen hinein: zu Adam, nächtens wach in seiner Küche, am Herd *wie gesagt* und in sein Gespräch versunken: mit seinem Vogel, lebendiger als seine tote Frau; zu Dora, die sich fragt, ob sie noch lebt *wie gesagt*; zu Helene, liegend in ihrem Bett allein, zu zweien, wie sie nachsieht, ob sie endlich schläft, während dieser Mann, liegend *wie gesagt* an ihrer Seite, unablässig durch ihre Träume fährt, während Robert, ein *wie gesagt* anderer Mann, am Schreibtisch sitzend das Träumen vermeidet; sehen in die erleuchtete Wohnung von Edith hinein, wo sie noch immer *wie gesagt* im großen, im taghellen Zimmer sitzt; und zu Karl, weiter stehend auf seinem Balkon, den Blick auf die Zufahrt des Hauses gerichtet, auf die nächtens befahrene Straße, auf unsere *wie gesagt:* Hände, Füße.

II.

Dass es Nacht sei, ich hatte es beschlossen. Auch von Herbst hatte ich gesprochen, von einer Kühle, die in die Glieder zieht, bleibt man zu lange stehen vor verschlossenen Türen, an fremden Gebäuden, auf gedachten Balkonen. Oktober, hatte ich gesagt, und von der Schwelle gesprochen, die den Herbst vom Winter trennt. Und dass die Zeit ersterben könnte, dass die Uhren ticken, dass schläft, wer kann, und wacht, wer muss. Doch ist das nicht alles, tatsächlich stirbt hier nicht die Zeit, auch heute nicht wie niemals sonst, auch heute nicht in dieser Stadt; sie hält sich nur auf. Lässt sich zur Abwechslung doppelt zählen, lässt Anzeigen zurückspringen und Züge stillstehen und Schlafende eine Stunde länger ruhen; lässt sich den Namen des Winters geben, als sei bis eben noch Sommer gewesen, die Abende lang und die Nächte kurz, als würde es nicht schon früh genug dunkel, als hätte ein Name auch etwas zu sagen; gibt meinem Blick einen Rahmen, in den ich das Haus zu stellen weiß. Dort steht es *jetzt*, ein Zeitfenster *hohl, das Wunden in die Fläche reißt, eine untiefe Falle mit scharfen Kanten, weit dunkler als die sie umgebende Nacht*, in das ich nächtens hineinsehen kann, aus meinem papierenen Kopf heraus. Darum geht es *darum*, denke ich, und richte im Dunkeln den Blick in die Nacht; beschließe ich *weiter*, und löse mich vom Fenster, schaue auf die Leuchtanzeige meiner Armbanduhr, *kurz vor–*

III.

–oder hinüber, zu Robert zum Beispiel. Von seinem Fenster aus kann er mich sehen. Er wundert sich nicht, dass ich ihn anschaue, dieser Mann, er

du träumst

schaut mich an wie das Dach über meinem Kopf, das er betrachten kann am frühen Morgen, wenn er den Rollladen des größeren Zimmers hochgezogen hat; kaum, dass sich sagen ließe, ob er mich überhaupt sehen kann, von seinem obersten Stockwerk aus, es ist auch nicht wichtig, solange ich glaube, dass es ihn gibt. Ich nicke ihm zu und schließe mein Fenster, er öffnet seines und lüftet das Zimmer. Kein Schritt hinaus auf den Balkon, es reicht der Gedanke; dann schließt er das Fenster und schaltet die Schreibtischlampe an.

Ich schalte meine Schreibtischlampe aus. Nun kann ich besser sehen, wie dieser Mann *wie Robert* sich an seinem Schreibtisch hält. Sein Tisch ist groß und hoch. Wenn er sich auf seinen Stuhl setzt, so reichen seine Arme kaum bis an die Wand. Vielleicht ist der Stuhl zu niedrig; vielleicht ist der Tisch sehr hoch; vielleicht ist dieser Mann zu klein. Vielleicht erscheint es aber auch nur so, schließlich muss ich mich vom Fenster entfernen, wenn ich ihn als Ganzes sehen will. Das macht die Sache nicht einfach.

Mein Schreibtisch steht gegenüber dem Fenster; Roberts Schreibtisch steht an der rechten Wand. Darüber, an der Wand, hängt nichts: keine Postkarte *wie bei He-*

lene, kein Poster *wie bei Philipp*, kein Photo *wie bei Dora*; wie jede Wand in Roberts Wohnung ist auch diese vollständig leer. Ich fahre mit den Augen die Senkrechte ab, klar und weit; an dieser Wand ist nichts zu erkennen, bis auf das dünne Weiß der Tapete, spurlose Fläche, stumm wie das Zimmer, *sprich: sagenhaft hohl* und in der Mitte dieser Mann, genau im Zentrum dieser Wände, als Kernstück dieser Räumlichkeit. Sitzt regungslos an seinem Tisch, hält sorgfältig seinen Rücken gerade, den Blick auf seinen Schreibtisch gerichtet. Eine große Fläche ohne Spur von Gebrauch, ohne Kratzer, Spuren, Schrunden; eine Platte auf vier schlichten Beinen, eine zeitlose Fügung aus rechten Winkeln, ein Abziehbild von Möbelstück, wie nutzlos, scheint es, wie ungenutzt. Nur ein Gerät liegt in der Mitte der Tischfläche. Ein einziges Objekt steht auf der Tischplatte, ein leuchtendes Bild: ein Gerät. Robert hat den Deckel aufgeklappt, es ist ein Rechner, etwas, das aussieht wie ein Rechner, nur zierlicher vielleicht; ich habe so etwas noch nie gesehen,

ich schon

ich kenne mich

sicher?

nicht aus mit solchen Dingen. Ich sehe: ein handtaschengroßes, flaches Ding, ich habe ihn schon oft daran arbeiten sehen, beschließe ich, am Abend, wenn er von der Arbeit zurückkommt *zum Beispiel: jetzt?*; er pflegt es, er trägt es immer bei sich, er verstaut es in einer Schutzhülle und legt es sorgfältig in die Schublade seines Nachttisches, wenn er mit seinen Untersuchungen fertig ist, denn das ist es, was er damit tut–

was du alles weißt

: Er untersucht. Man kann es deutlich erkennen: wie–

sagst du!

Wie er Dokumente aufruft und über den Bildschirm schiebt, Grundrisse, Pläne, ich kann sehen, wie er Listen vergleicht, Graphiken und Diagramme, in die er Eintragungen macht. Er korrigiert die Pläne, er modifiziert die Grundrisse, er fügt den Listen Daten hinzu. Keine Frage: In Roberts Augen bleibt vieles offen, er findet stündlich neue Lücken, er hat vieles abzugleichen, und das braucht seine Zeit. Das tut er jeden Abend *wir hatten es beschlossen*: Er hat jeden Abend Zeit, sich seine Daten anzuschauen. Er hat keine Zeit, abends Bekannte zu besuchen. Ich habe jeden Abend Zeit, ihn dabei zu beobachten *denn wir sind beide keine Menschen, die Besuche abstatten und anzutreffen wären an Orten, die nicht unsere Wohnung sind.*

So ist es, am Abend, und dann kommt die Nacht. Zum Beispiel: jetzt. Jetzt sind zwei seiner Fenster zu sehen. Davor bleibt die Tür; verbindlich ist sie ihm in den Rücken gefallen, sicher, sauber ins feste Schloss, es war deutlich zu hören; Robert hat jede Ecke geprüft, er ist sich sicher, er ist allein. Hat sich vom Fenster abgewandt *und stört sich nicht mehr an unserem Blick*; hat sich seinem Gerät zugewandt, sein eigener Blick *(fern dem unseren)* folgt den eingegebenen Befehlen, sein Blick geht nicht hinaus *(dem unseren nicht nach)*, sondern streift mit Mühe seine Handrücken, rührt kaum an die Kanten der Tastatur, sondern richtet sich folgsam auf die leuchtende

Fläche des Geräts, *furchtlos* in den Bildschirm hinein *diese untiefe Falle mit scharfen Kanten, weit lichter als die sie umgebende Nacht:* als seien wir fort*während unsichtbar*. Manchmal muss er sich unterbrechen, dann ruft er eine neue Liste auf. Dann vergleicht er die angezeigten Pläne, bewegt einen Grundriss von rechts nach links, steht auf, um ans andere Ende des Zimmers zu gehen, beugt sich über ein Möbelstück, das sich ebenso förmlich gegen die weißen Wände lehnt wie dieser spurlose Tisch *wie dieses leuchtende Gerät, wie seine eigene, blasse Erscheinung*; dann hält er inne und tritt langsam zurück an seinen Stuhl, dann streicht er mit der flachen Hand über die Tischplatte, den reichlich großen Platz *für seine mäßig großen Hände*, groß wie die Wand, liegt doch die ganze Fläche frei. Nur dieses Gerät, wie Robert, im Raum: daneben kein Stift, der achtlos auf dem Tisch vergessen worden wäre, kein Buch, nachlässig aufgeschlagen und eilig über die Tischkante gelegt, kein Brief, keine Zeitung, kein Glas und keine Tasse. So wie kein Mensch in diesem Raum, so ist die Fläche wie die Wand *ist das große Zimmer wie Robert selbst, ist, wie gesagt, ist reichlich*: leer. Robert besitzt wenig Möbel: selbst die, die er hat, besagen nichts, er braucht seine Wohnung nicht zu füllen. Er braucht–

was?

–braucht nur das, was er braucht. Am Ende der Woche weiß er es besser *am Ende weiß man mehr als zu Beginn*, am Ende der Woche entfernt er, was er nicht gebrauchen kann. Man kann es auf dem Bildschirm erkennen, dort hebt sich die Leere der Wohnung in digitaler

Fülle auf, in diesen zahllosen Angaben, die das Gerät für ihn erfasst, in Daten bündelt, in Plänen speichert; auf Roberts Bildschirm erscheinen die Räume, dort kann man sie als Wohnung erkennen, von der dritten in die erste Dimension, verkleinert, verknappt, vermessen, verflacht, in Bildern, Grundrissen, Graphiken, Listen; man erkennt seine Zimmer, doch kaum als die seinen, denn in seiner Wohnung findet sich wenig von dem, was auf dem Bildschirm erscheint. Es lässt sich nicht erkennen, ob die aufgeführten Dinge entfernt worden sind, ob sie ersetzt werden müssen, oder ob sie niemals fehlten. Man fragt sich, wo diese Gegenstände abgeblieben sind, wenn es sie jemals gab. Man schaut auf die Angaben und sucht nach Zeichen, manchmal fehlen einem die Namen, und auch er *Robert* kann sie sich nicht merken, als hätte er *Robert* sie nie gewusst. Er benennt die Gegenstände, um sie endlich zu entfernen, denn was einen Namen hat, verunsichert nicht mehr; er kann noch ihre Namen lesen, und schon erkennt er sie nicht wieder, doch das ist nicht wichtig *das ist schließlich der Punkt*: Namen braucht man, *um sich zu schützen, man gebraucht sie nur,* wenn man sich kennt.

Robert aber braucht fast nichts. Ein Teil des Nichts trägt seinen Namen, mehr braucht er nicht zu kennen; Robert selbst verunsichert nichts, denn nichts ist, was sich nicht benennen ließe. Das hält er fest, das betrachtet er täglich. Täglich prüft er, was er bewegt, er speichert jeden seiner Schritte. Er, Robert, bietet sich die Stirn, er, Robert, gibt seinen Schritten einen Namen, behält sie als greifbare Daten zurück. Täglich muss er sich fragen, wie lange sie Bestand haben werden *(jeder einzelne Schritt) (im Raum, in der Zeit).* Er macht sich Sorgen: er zweifelt an ihrer Gültigkeit, auch fürchtet er Blicke, die nicht die seinen wären. Robert betrachtet Grundrisse und Listen und graphische Räume, anstatt auf den Balkon zu treten oder in fremde Gesichter zu schauen *(zum Beispiel: in deines),* er hält sich lieber an Daten auf, als dass er sich aufhalten ließe von Zeiten, die man gemeinsam erinnert, von fremden Menschen in fremden Zimmern, oder vom immer gleichen Leuchten der Stadt. Er betrachtet sein Gerät *denn das leuchtet auch,* er meidet fremde Räume *und verharrt in den seinen,* er dokumentiert sein Verschwinden und lässt seine Konturen verblassen, jeden Abend muss er sie vorsichtig nachzeichnen, damit er *Robert, damit seine Erscheinung* am nächsten Morgen noch zu erkennen ist. Es schmeichelt ihm, seinen Namen zu suchen, sich in aller Ruhe verblassen zu lassen, denn das ist die Grenze, das ist der Grat, den er begeht; dort *im Nichts, dort* ist er zufrieden. Dort bewegt er sich mit größter Sorgfalt, die Füße unter den Tisch geschoben, dort überlebt er spurlos die windige Zeit, dort *und nur dort* vergisst er sich. Jeden Abend schaut er auf den Bildschirm, bis er an sich selbst nichts Benennbares mehr finden kann. Er weiß, dass die Angaben allein von ihm abhängen *von seinen belanglosen, nichtigen Tagen, einförmig, zeitlos dahingestreckt,* er weiß, dass die Angaben auseinanderfallen würden jenseits seines Blickes, in fremden Händen gerinnen, stocken, zu starren, klaren Zeichen verschmelzen *zu Zuständen, Namen, zu seiner Geschichte; er weiß nicht, dass er von uns abhängt, und wenn er sich wünscht, niemand möge sich jemals so über ihn beugen, seine Spuren zu erfassen, seine Konturen zu verhärten, zu behaupten: Ich war und ich werde, ich bin und ich bleibe, niemand, der nicht er selber wäre, nicht einmal er selbst: dann ahnt er nicht, dass allein wir ihn am Auseinanderfallen hindern, er kennt keinen Blick auf sich, er fürchtet, dass er auf fremden Bildschirmen erscheint und Angaben füllt, dass es jemanden gäbe, der einen Blick wagt auf sein schmales Sein, er sieht dunkle Schatten auf seinem Balkon stehen, wie sie stumm gegen die Scheiben des großen Zimmers atmen, er sieht etwas schweben vor seinem Fenster, die tiefen Augen eines Wesens, sieht zahllose Blicke mit scharfen Kanten, weit dunkler als die sie umgebende Nacht,* er weiß es genau: er muss sich gegen die Zukunft schützen, wo er nur kann. Er fürchtet seine Vergangenheit, er hält sich allein an die Gegenwart. Er, Robert, hält sich nur an seinen Namen, weil dieser ihm nichts bedeuten muss, weil dieser ist, anstatt zu werden.

Manchmal bedrückt es ihn, sich so zu beschatten.

Dann geht er zur Tür, um zu prüfen, ob sie tatsächlich verschlossen ist.

Dann bleibt er sitzen, regungslos, und blickt starr auf den Bildschirm, dann erkennt er seine Konturen nicht mehr und atmet auf, während der Schatten seiner Hand nahtlos in seine Finger übergeht, dass er für einen kurzen Moment zu hoffen wagt, er sei wirklich allein *er sei einfach nur da*; dann wischt er erleichtert mit der flachen Hand über die niemals staubige Schreibtischfläche *fort mit dem Schatten, und keiner schaut zu,* streckt seinen

Arm aus und fährt über die Tastatur, spreizt einen Finger ab und öffnet ein neues Dokument. Dann kann man lesen, wie er schreibt:

GUT.

ICH BIN GUT IN DER ZEIT.

HABE ERFOLGREICH

A) MÜLL GELEERT [SA.9:30, 18:05]

B) WÄSCHE ABGEHOLT [NÄCHSTES MAL WIEDER ELSÄSSER STR. = SCHNELLER],

C) 1 WEG ZURÜCKGELEGT [NEU: MIT STRASSENBAHN RICHTUNG SÜDEN, AUSSTIEG AM HANG/ SCHWIMMBAD > ZU FUSS ÜBER HAUPTSTRASSE (KEINE AMPEL!) IN FAHRTRICHTUNG WEITER, RE. ZWEIBRÜCKENSTRASSE, DORT BUS RICHTUNG ZENTRUM > WESTBAHNHOF (12MIN.), UMSTEIGEN, RINGBAHN BIS GROSSE-BRUNNEN-STRASSE, VON DORT ZU FUSS DURCH BRUNNEN-ARKADEN, ÜBER RATHAUSMARKT/ SCHUMANNSTR./ WESTVIERTEL/ NEBENSTRASSEN NEUBAUSIEDLUNG ZURÜCK, 1H24MIN INKL. PAUSE LOKAL »AN DER VERBINDUNGSBAHN«, SCHWEINEKOTELETT, BRATKART., SALAT, 1/4L ROTWEIN (FRANKEN), KAFFEE, KEIN TRINKGELD. ANKUNFT 20:37H ÜBER KAISERRING (20:33), WOHNUNG 20:39]

D) WOHNUNGSTÜR/ SCHLOSS GEÖLT [NOCH IMMER ZU LAUT! MO. SCHLÜSSELDIENST KONTAKTIEREN (NICHT FA. RATJEN, WOHLERS, GRABAND, MUSKE, KOBURGER, VGL. UNTER INNERES.DOC), TERMIN FRÜHESTENS AB DI.]

E) MARKIERT: FLUR: REGENSCHIRM (GROSS), SCHWARZE SCHUHE 3, FUSSMATTE INNEN+ AUSSEN; KÜCHE: ERSATZ-SET TASSEN, KÜCHENSCHWAMM, UNTERSETZER

(BAST), FENSTERPUTZMITTEL, 2 SUPPENLÖFFEL (REST BEREITS AM 24.08.); BAD: RASIERAPPARAT (SPRUNG IN DER KAPPE), 2.SATZ EL. ZAHNBÜRSTE, DUSCHGEL 1, ZAHNPASTA. HANDTUCH 6 GLEICH BEI WASCHSALON VERNICHTET!; SCHLAFZ.: HEMD NR.12 (S. KRAGEN), HAUSSCHUHE 2, LÄUFER, SOCKEN PAAR 17+18, SLIP 5; GROSSES ZIMMER: KUGELSCHREIBER 8, VERLÄNGERUNG, STEHLAMPE 3, FUSSMATTE. NEU: ABLAGE FLUR DIREKT NEBEN DIE TÜR GESCHOBEN (ABSTAND RAHMEN 20CM): BEWEGUNGSABL.TÜR AUF/ SCHLÜSSEL ABLEGEN/ TÜR ZU JETZT NOCH FLÜSSIGER (SCHLÜSSELBUND AUFGREIFEN > SCHLOSS/ ABSCHLIESSEN > BUND ABLEGEN (ZÜGIG) = 13SEK)

NEU: MÜLL SAMSTAGS 3X? (ALLE 14TAGE: TEST) AB MORGEN: NASSRASUR BIS MIND. MI.! ERSETZEN: MO. KÜCHENSCHWAMM, HANDTUCH, 2. FUSSMATTE (INKL. BESTAND!); DI. SLIP 2X, SOCKEN 2X, KUGELSCHR.(SCHWARZ), RASIERER; DO./ VOR RÜCKREISE (=HBF.) ANZUGSCHUHE SCHW.

So muss es wohl sein, denn so steht es geschrieben *denn so haben wir uns diesen Menschen gedacht*; so schreibt sich Robert die Tage vom Leib, jede Spur von Gebrauch *all die Kratzer und Schrunden,* jeden einzelnen Schritt, den er geht bis zur Nacht *tief hinein auch in diese an der Schwelle zum Winter, es ist Nacht, es ist Herbst, und auch er könnte schlafen,* und Robert schreibt weiter:

SEIT 20:39H GEPUTZT (INNEN ALLES AUSSER ABLAGE 3/ KÜCHE, INKL. VORB. 20:45-21:58; AUSSEN: ALLE FENSTER (AUSSER SCHLAFZ., S. DO.), ROLLLÄDEN (ALLE), BRÜSTUNG+

FLIESEN BALKON (MOOSBEHANDLG.), INKL. VORBER. 22:04-0:22H), MARKIERT/ RUNDGANG (0:35-1:04), ANGEGLICHEN AB 1:15, DABEI GELÜFTET (7MIN.), GESICHERT BIS EBENE 7, AKTUALISIERUNG GRAPHIKEN BIS EINSCHL. MORGEN 31.10.

JETZT IST ES 2:57H.

Er öffnet das Fenster.

NOCH 3 MINUTEN, DANN IST ES WIEDER 2H; DANN HABE ICH ENDLICH ZEIT, DANN hat er die Balkontür schon wieder hinter sich geschlossen, setzt sich feierlich zurück an seinen Platz, DANN schreibt er weiter, und es verstreichen die letzten Sekunden, DANN denkt es leise in sich hinein, *dann* sieht man ihn seine Züge entspannen, sein sonst so verhärtetes, junges Gesicht, dann *ist es Zeit* denkt er lediglich:

Jetzt.

IV.

Robert *(für sich)*:

Was sonst nie geht: spurloses Denken. Sonst: Jede Regung verwischen, Gänge/ Gesten/ Gedanken. Sonst: ständig neue Wege gehen. Niemals Vorlieben zeigen. Keinen Charakter um die Schultern, keine Persönlichkeit im Blick. Ich bin Systemadministrator, ich weiß genau, wie ich funktioniere. Ich bin kein Designer, ich will nicht zeigen, wozu ich bin. Ich will sein, weiter nichts. Ich bin längst geworden und habe vor, auch künftig zu bleiben. Werden sollen die anderen. Aber jetzt.

Jetzt lässt sich eine seltsame Verwandlung beobachten. Dieser Mann, den wir an seinem Schreibtisch sitzen sehen seit einer Weile, so stumm, dieser Mann *Robert*, den wir zu dieser Zeit im Bett vermuten müssten, so, wie er sich uns darstellt, so aufgeräumt, so sorgfältig in seiner Kleidung verharrend, Anzughose, weißes Hemd, das Jackett auf dem Bügel, in Ordnung, im Flur; so vor allem, wie er sein Gesicht beherrscht, diese runde Fläche *ohne Spur von Gebrauch, ohne Kratzer, Spuren, Schrunden, ein Abziehbild von einem Gesicht*, wie nutzlos über dem Körper sitzend, wie ungenutzt *bedeutungsarm*, wie unbezeichnet *körperlos– nur eine Öffnung befindet sich in der Mitte der Fläche, ein einziger Punkt, der sich darin bewegt, ein tiefes Loch: ein Mund*: Robert hat sein Gesicht geöffnet, plötzlich durchbricht er die hohle Fläche, es ist eine Regung, etwas, das aussieht wie eine Regung, nur zierlicher vielleicht, so etwas bekommt man nur selten zu sehen *(wer kennt sich schon aus mit solchen Dingen!)*. Man kann sehen: Robert beginnt, seine Stimme zu heben, es scheint, er spricht, und zwar mit sich. Flüstert leise Sätze in sein großes Zimmer; entspannt seine Hände, Füße. Lehnt sich zurück und sagt sich:

Robert *(tonlos)*:

Gesammelter Abfall meiner Tage. Faktische Reste meiner Existenz. Ausgelagert mein Gehirn, eingegeben die Spur meiner Schritte. Bedächtig: dass ich mir den Weg beweisen kann. Das Ziel sehr klar im Auge behalte. Dass ich geworden bin, um zu sein (noch immer!). Dass ich tagtäglich bin, ohne weiter zu werden (immer wieder!). Mein Weg: Nicht im Kopf, nicht in den Dingen. Fort das Ganze! Nur vor Augen. Was sonst nie geht. Den Abfalleimer mitnehmen überall, den Arbeitsspeicher nie aus den Augen lassen, nie an fremde Augen verlieren, wichtig. Auch hier kein Vertrauen. In diesen Dingen. Wichtig. Dem einzig Wichtigen, das/ was zählt. Sich zählen lässt. Von wem. Erzählen/ was. Wenn nicht von mir. Wichtig. Dass ich mich schützen kann. In Ruhe. Hör noch die Tür. Ins Schloss gefallen/ mir in den Rücken. Richtig so. Bin ich allein. Gut, beruhigend: gesichert/ allein. Jetzt komme, was wolle. Jetzt hat nichts zu sagen. Ich werde keine Angaben machen, ich kürze mich von selber weg. Kein Zutun, ein Mal. Spurloses Verschwinden, ich bin dabei. Sitze am Schreibtisch/ neben der Spur/ außer der Zeit. Habe den Abfallträger/ Bildschirm/ alle Ebenen im Blick. Wie kostbar. Wie:

Pilot sein. Würde in einem fort um die Erde fliegen, gegen den Uhrzeigersinn. In einem fort der Zeit voraus/ noch nicht gewesen. Wäre ich, würde ich. Aber nein. Zu einfach.

So flüstert es aus Roberts Mund heraus *wie wir aus unserem papierenen Kopf,* so sehen wir ihn regungslos sitzen an seinem makellosen Tisch und deutlich, leise–

Was denkst du nur! Heb besser den Kopf, den Blick von der Tischplatte, schau nur, wie–

Regt er sich?

–sich plötzlich von seinem Stuhl zu erheben, dass er rücklings zum Stehen kommt am großen Fenster, dass wir sehen, wie sich sein Brustkorb hebt–

Hören, wie aus Roberts Mund–

–dem untiefen Loch, verborgen hinter dem großen Rücken, im weißen Hemd, diese reinliche Hülle, kaum abgezeichnet vom Sitzen: die Falten–

–hören, wie sich sein Brustkorb hebt, unter dem Hemd der bebende Atem, während wir, noch immer, im Dunkeln, allein–

Allein ich höre nichts. Zu sehen nur ein Schatten, rücklings gegen den Fensterrahmen gelehnt, lässig beinahe: wie sich dieser Mann, Robert, abgewandt hat von mir, und seinen Räumen zu, sein Antlitz ein wenig ungelenk ins Nichts gewandt, sein Nichts, seine stumme Wohnung ohne Antlitz, und ich frage mich–

–wir–

–ob er noch, wirklich, mit seinem Mund, ob er tatsächlich, stimmhaft–

Still!

Robert *(an sich)*:

Kein Schritt, seit ich verspätet war. Zu spät begonnen zu begreifen. Unüberwindbar: die Jahre, die mich von diesem Zustand trennen. Ha! Die frühen Jahre! Geworden bis zur Bewusstlosigkeit! Jahre, in denen ich noch kein Bewusstsein hatte! Tatenloses Zusehen. Diese Spuren zu löschen: müsste morden/ brandschatzend durch mein Leben gehen/ den ganzen (vergangenen!) Weg zurück. Schwach das, müßig. Oder ganz das Leben verlassen. Als ein anderer wieder auferstehen/ an einem anderen Ort. Billig das, feige. Schwache ertragen die Aussicht nicht. Nur die Schwachen wollen das, was vorher war/ was noch kommt/ was nicht ist. Das soll mutig sein? Das ist ein Witz. Zu einfach. Halten dem eigenen Blick nicht stand. Stürzen sich in ihre Aussicht/ aus dem Fenster/ vor den Zug. Oh nein, ich bleibe. Wichtig. Im Zug sitzend, die Zeit. Lasse mich durchs Leben fahren, zufällig meines. Ein Witz! Als gäb es das: Zufälle. Nichts dergleichen. Aber Stille. Nur mit der Ruhe. Die Stimme klein, die Schritte leise. Bleibe im Fluss: bewegungslos. Nennen sie es Zufall, nennen sie es Langeweile, was schert es mich. Mund zu! Still! Nichts verlieren, keine Spuren. Nicht eine Sekunde. Bedeutungslos, hübsch bedeutungslos. Wichtig. Blick in die Landschaft/ das Wetter/ das Licht. Ja ja vergeht. Aber ich, Abteil-Ich, nicht. Haltungs-Zug, ha. Seit Jahren, ich. Eingefroren, unbeseelt: denken sie. Bin ich mir schuldig. Meiner Erkenntnis. Ihnen nicht. Ihnen: nichts! Wichtig. Wird die Welt begreifen! müssen!, eines Tages, wenn ich war.

–frage dich, ob er noch, weiter, mit seinem Mund, sich also tatsächlich– lauthals– –

Wie jede Nacht: Stehen sie an ihren Fenstern und schauen mir zu. Schwach! Glauben an das, was sie zu sehen meinen. Ein Mann, gewohnt, keine Gewohnheiten zu haben. Bildschirm, Daten, seine Geschichte. Ha! Denken, sehen: er lässt sich nicht sehen. Die breiten Schultern, denken: sein Versteck. Aber sehen nichts, meinen Plan, nicht. So soll es sein. Habe es aufgeschrieben. Wichtig! Sehen nichts weiter als: dieser Mann/ zwei Räume/ ein Licht. Das tun alle. In Räumen sein, gut. Nur, was das heißt! Nicht: ein Leben. Nicht: ich. Bitte, das Fenster. Dahinter: nichts! Ich brauche kein Rollo. Brauch es nur, dass sie denken: oh. Ein Mann, wie andere, denken sie. Gut! Gehört zum Plan! Was sie nicht lassen können, schwach! Was sie zu sehen meinen, falsch! Gegen mich: schwach und falsch. Bin ich stärker.

Wenn man doch nur–
Man kann:

Robert *(rücklings)*:

Aber, aber. Ruhiger atmen. In Ruhe: ein/ aus. Ruhig. Diese kostbare Stunde, zu oft vertan. 2h07, das zu verschenken. All die Jahre. Erst landen, um das zu begreifen. Autopilot. Flugzeug Kopf. Saubere Landung, heißt: ich. Ankommen in meinem Verstand. Verstanden, endlich! Musst ich erst, ha! Dieser Anruf. Damals die Stimme. All die Jahre! Schwach! Ruhig, ein/ aus. Verwählt/ verstanden. Gelandet. Wie damals die Stimme: verwählt. Über See. Gelandet in meiner Erdung. Verstand nichts. Hallo, sag ich: Hallo? Was wollt ihr! Kriecht ihr durch alle Löcher! Geheimdienst/ Beschattung/ Erpressung, oh nein, ich kenne die Systeme, alle! Ha, kennen. Blasses, nutzloses Wort. Die reinste Rührung, wieder ein Witz. Obwohl doch längst/ schon damals. Versichert, von mir. Alles geheim. Vor mir. Adresse/ Rufnummer/ Bankverbindung, ändern/ ändern, wo es nur geht, verbergen/ vermeiden/ verlagern, im kleinsten Zweifel wechseln, wachsam sein, überall, keine Angewohnheiten pflegen, am besten im Strom/ unsichtbar. Ich kenne die Systeme! Gekonnte Griffe unter die Tischplatte, ich ertaste die Wanzen im Schlaf. Kann mir niemand!, mir doch nicht. Aber die Stimme, eine Frau? Eine Stimme, und klingt nicht geheim. Hohe Lage. Ahnungslos. Der alte Trick! Aber hier: nein. Hörbar, deutlich, hör ich: *Hello?* und ich frag: wer. Und die Stimme sagt: *what,* fragt: *is it you?* Leg ich auf, ich bins ja nicht, also! denk ich, was will die mir. Fremde Stimme, sinnlose Frage. Ich? Wer sonst! Soll mir bloß nicht, klick/ good bye. Aber halt, im Kopf! Plötzlich! Den Schalter umgelegt/ das Bewusstsein. Klick! Wo ist die Stimme? Am anderen Ende, der erste Gedanke. Ja ja. Aber! Die halbe Welt! Die halbe Welt, ein halber Tag. Dazwischen die Stimme: ruft mich an von Morgen. Oder wars gestern. Hört mich vor. Ich sie zurück. Hab ich mit meiner Zukunft gesprochen, die Stimme/ meine, ist wo? Ist weg. Klick, wen scherts. Mich. Plötzlich! Mich! Vorwahlen suchen, Nummern erfinden, *Greetings from California.* Autopilot. Kriecht meine Leitung unter das Meer.

Mein Ohr, es rauscht. Ich warte, oh ja! Soviel Zeit muss sein. Hängt mein Ohr am Meeresgrund, dort liegt es und horcht und nimmt sich Zeit. Dauert, bis es ankommt, drüben. Lange, bis ich ankomme, drüben. Habe die Worte schon im Mund, stehen Schlange da, in der Leitung, unter dem Meer. Wir zusammen. Da! Das Ufer. Der fremde Hörer/ das fremde Ohr. Kommt plötzlich ein *Hello?* zurück, *Hello!* liegt es in meinem Ohr, muss ich was sagen, kommt schon das nächste, ungeduldig, hör ich *Hello* und *who is it,* sagt fremd eine Stimme etwas in mein Hirn hinein. Muss ich mich sammeln. Ruhe! Nicht so schnell! Kommt schon das nächste, sagt *Honey,* jetzt weiß ich, hör ich: eine Frau. Lacht: *is you kidding me?* Lacht/ seufzt. Wird Zeit. Jetzt rasch! Nicht schweigen! Sonst ist sie fort, nicht wieder von vorn, zu kostbar. Nichts verlieren, die kleinste Sekunde, schwer lastet das Meer auf meinen Schultern, sag ich *It's me,* sage ich schnell, *Yes, it's me,* und: *Listen.* Schweigen, weiblich. Hört mich wohl, frag ich: *What time. Tell me,* und wieder: *what time.* Tonlose Frage. Stocken. Die fremde Stimme: stockt, sagt *Jesus, Who's that, again,* und *what–?!* Ungeduldig, das dauert zu lange, sag ich zu deutlich: *What time is it,* sag deutlich, fordernd: *Just give me the time, where are you,* sag ich, und weiter: *Hello,* sag, während sie schweigt, zögernd: *tell me, listen.* Das noch, gerade, aber zu spät. Sag es dem Meeresgrund. Aufgelegt die fremde Hand, weg vom Ohr. Klick! Schwach. Zu lang gezögert, zu wenig Mut. Besser, nächstens besser. Pfeif ich meine Stimme zurück. Aus der Leitung in den Mund, jedes Wort. Zurück, sag ich, zurück! Schaut nur die Uhr! Erfolglose Spürhunde ihr, müde Jäger ohne

Beute! Schlecht! Schließ ich euch fort, so. Da, die Lippen, basta, zu. Das geht auch besser. Muss! noch besser! Üben jetzt, üben. Klare Fragen, klare Antwort. Dass das. Muss klappen. Muss: euch abzulegen vor der Zeit. Vor mir. Jetzt/ jetzt. Wiederhol ich euch, schick ich euch aus. Belanglose Worte, wo und wann. Wiederholen, dass die Bedeutung weicht. Wie mein Name. Wie die Zeichen. So wie ich nicht, so auch nicht ihr. Fällt durch das Raster. Bleibt der Laut. Bleibe ich, bei ihnen, dort. Fragen sie, wer ist der Mann. Gut, sehr gut! Niemand, sag ich, niemand! Seht her, seht nichts, nur einen Moment! So soll es sein/ so steht es geschrieben. Jetzt! bin ich da, und wie. Ein Bild, kein Zeichen. Freizeichen ich. Kein Signal. Mund zu! Nicht denken! Denk ich nicht. Jetzt: Pause. Der reine Zustand sein, mehr nicht/ genug. Jetzt Dauerzustand ich. Hmm. Dann aus der Zeit fallen.

V.

Ein Mensch, der verschwinden will. Ein Mensch, der sich herausnimmt, sich davonzustehlen aus der Zeit, indem er bleibt. Der sein Leben darauf verwendet hat, spurlos durch es hindurchzugleiten, aus der Kindheit in die Jugend, von der Schule in den Beruf. Der sich angekommen glaubt und doch stündlich daran arbeitet, diese Ankunft zu erhalten. Dass er nicht weitermuss, fort. Sondern bleiben darf, dort. Der anderer Leute Systeme verwaltet, digitale Rechenzentren, die es zu optimieren gilt, um Fehler zu beheben, Informationswege zu verkürzen, Vernetzungen, Datenströme abzugleichen, Speicherplätze auszuweiten, Zeichensysteme zu verschlüsseln, derweil sein eigenes, sein eigener Kopf, sich stets von neuem zu erkennen gibt als begrenzt, durchschaubar, dem Geschehen unterworfen. Was ihn verbittert. Was er bekämpft. So ein Mensch? Der zeit seines Lebens andere mied, nicht mit System, sondern mit Geschick, damit sein System, sein wahres Geschick, vor niemandem in Frage steht. Der Prinzipien hat und Momente des Glücks, sich erleichtert hinzugeben dieser Stunde, gegen die er sich nicht sträuben muss? Die ihn aus ihren Fängen lässt, ortlos wie den Piloten, seiner Bestimmung folgend, unbedacht? Nur einen Moment! So ein Mensch?

Zum Beispiel, ja. Jetzt lächelt er.

So! Und wir, weiter durch seine Fenster schauend, quer hinüber auf seinen Rücken? Dieser Mann, weiter, bewegte uns nicht, und wir, still, schattengleich, richteten uns auf, die Lippen verschlossen, dazu die Augen–?

Nein. Schweifen ab und weiter, schließlich–

Ja doch!, soll es hier diese Menschen geben, beschlossen wir, schließlich ist er–

ist Robert nicht allein in seiner Wohnung, denn er, dieser Mensch, *ist unter vielen (allein)* in diesem Haus *in dieser Nacht* wie wir *und wir–*

Ja: wir.

–wir hatten gesagt–

–

–

Ich höre.

Überstrahlte Räume, sagten wir. Darin eine Frau.

Unter anderen, ja. Sehen wir alle zur selben Zeit.

So auch eine Frau, geraderücks auf dem Sessel sitzend, wie regungslos, wie ausgestopft, sitzt dort still, als schliefe sie,

Wie weit gefehlt!

sitzt dort Edith

Wie still!

: und zählt.

VI.

Edith (strahlend):
Putzlicht, das nennt man Putzlicht.
Zeit, Ordnung zu schaffen.
Ich werde mich doch nicht davon abhalten lassen.
Von dieser Nacht.
Ich habe mich doch noch nie von etwas abhalten lassen.
Da wird doch nicht die Nacht kommen und mich hindern an etwas.
Es ist immer noch an mir: zu entscheiden, wann ein Tag beginnt.
Da liegt es, sauber in meiner Hand.
Ob eine Nacht bestehen bleibt.
Und ich sage: jetzt.
Jetzt wird es Licht.

Wer nimmt sich nur so etwas heraus.
Den Lauf der Welt zu richten.
Das könnt nur ihr.
Dreht ihr an der Uhr herum, mir zum Missfallen.
Drängt ihr mir diese Stunde auf.
Als hätte ich davon nicht mehr als genug.
Ich nehme keine Geschenke an!, erst recht nicht von Fremden!
Und wie seid ihr fremd.
Nur gut, dass ich es hell habe.

Gut, dass ich gezählt habe.
Elf Lichtquellen um mich herum.
Sechzehn Glühbirnen in meiner Nähe.
Mir kann nichts passieren.
Ich kann alles sehen.
Selbst der Bildschirm brennt!
Ich habe den Ton gelöscht.
Bin ich eben doch der bessere Gott.
Ich sehe mir tonlose Münder an.
Wie sich dort drinnen Gesichter verlieren, diese trostlosen Wesen mit glatter Haut.
Im Fernseher versammeln sich ein paar Fische.
Sie atmen gegen die Mattscheibe.
Sie stoßen ihre Sätze ans Glas.
Ich glaube, ihnen fehlt etwas, ich glaube, die Luft ist dünn dort drinnen, reichlich dünn.
Sie stochern mit ihren Blicken darin herum.
Gleich wird sie aus dem Gerät entweichen.
Lauwarmes Gerede.
Ein widerlicher Bilderguss.
Einer dieser klebrigen Filme, die sie ungefragt in die Wohnungen stellen.
Wer nimmt sich nur so etwas heraus.
Ein Mann und eine Frau.
Sie tragen Kleidungsstücke zur Schau.
Sie bewegen sich im völlig falschen Element.
Sie schauen zu mir herüber und wünschen sich aus dem Element heraus, aus ihrem glänzenden Geviert, und die Frau sagt zum Mann: Guck mal, dort drüben, wie die sitzt, sagt: Guck!, da säß ich auch gern!, wie schön es

strahlt!, wie gemütlich die das hat, da drüben!, und der Mann wirft einen abschätzigen Blick auf sie.
Oder meint er mich.
Oder hat er Mitleid.
Natürlich hat hier niemand Mitleid, nicht wirklich.
Es ist schließlich ein Film.
Natürlich zerreißen sie sich das Maul über mich.
Sie stinken nach vergammelnden Fischen, es dünstet schon aus dem Gerät heraus, spätestens jetzt, wo der Mann nach seinem Hut greift und zur Tür geht, spätestens jetzt muss ich es wissen.
Er ist heilfroh.
Er kriegt keine Luft.
Und die Frau muss bleiben.
Die Frau muss sterben.
Die Frau löscht das Licht und legt sich auf das Sofa.
Die Frau macht die Augen zu, ich bin mir sicher, sie ist längst tot.

Was ich mir einbilde.
Diese Fragen!
Als ginge es euch um eine Antwort.
Als hättet ihr euch nichts gedacht.
Von wegen, meine Güte!
Das ist das Stichwort.
Ihr wollt an meine Güter ran.
Ihr habt schon alles aufgeteilt.
Ausgerechnet.
Mich!
Wie ihr mich sauber verteilen könnt, unter euch.

Ihr Hyänen, wie immer.
Gierig, unersättlich.
Nur bin ich kein Aas.
Ha!, gebt auf!
Ich tue es nicht.
Mich mürbe machen mit der Zeit, ein Zufall, dass wir dasselbe Blut–
Das!
möchte ich sehen.
Wie es in euch an Tempo gewinnt. Wie es euch durch die Gliedmaßen fährt, und euch niemals ruhen lässt. Rastlos seid ihr, maßlose Wesen. Wie es euch einfach von innen zerreist. Das möchte ich sehen! Wie es mir in den Adern gefriert, bei lebendigem Leib. Dass man mich einmal sitzen lässt, ohne das Mindeste zu fordern. Von mir, eine Regung. Meinen Atem. Meine Güter.
Aber nein.
Schon das geht euch zu weit.
Ihr wollt mich zappeln sehen!
Fehlanzeige.
Ich habe mich noch nie unterworfen.
Ich werde einfach sitzen bleiben.
Hier brennt das Licht.
Da wird nicht so eine Stunde kommen und mich wiederholen.
Einfach so.
So einfach lasse ich mich nicht zurückweisen.
In eure Schranken.
Das bin ich mir wert, jederzeit.
Ja was glaubt denn ihr!

Ich kann mich finanzieren!
Ich kann mir auch ein hübsches Kleid leisten.
Ich will es aber nicht.
Ich schmeiße mein Geld nicht zum Fenster hinaus.
Da schmeiße ich mich lieber selbst hinaus.
Ich habe mich früh daran gewöhnt, Dinge wohl zu überlegen.
Es gibt Beweise!
Dazu muss man sich nicht hübsch machen.
Wer weiß, vielleicht will ich es morgen.
Morgen ist schließlich auch noch ein Tag.
Und dass ihrs nur wisst, den könnt ihr behalten.
Verdammt noch mal!, den schenk ich euch.
Da bin ich offen. Schon immer! gewesen!
Nur ihr seid ganz dicht.
Nur ihr wisst: nichts.
Ich bin wirklich nur zum Schein eure Schwester.
Ich bin es doch eigentlich nie! gewesen!
Das zu erkennen, dazu braucht man keinen Spiegel.
Schaut euch doch an!
Diese hässliche Alte.
Das bin niemals ich.
Was wisst ihr schon, wie immer: nichts! Ihr habt mich verraten, da war die Mutter kaum tot! Habt mich beim Vater zurückgelassen, das ganze Erbe in euren Händen, und ich, tigernd, vor seinem Schreibtisch–
Ich war nie minderjährig.
Ich war schon als Kind erwachsen.
Ich bin zur Kinderarbeit! gezwungen! worden!, da habt ihr schon eure Freiheit genossen! Den Mund mit Schoko-

lade verschmiert, das Geld gezählt. Und wer räumt nachher wieder auf? Wie Stiefschwestern! Ihr!
Tja.
Fehlanzeige.
Ich bin nicht Aschenputtel.
Die Mutter umbringen und weiterleben.
Mich verfolgen mit euren Stimmen.
Aber ich kann euch sehen. Ich sehe euch kommen. Mein Konto plündern, meine Arbeit kündigen, mein Leben vergiften, ich traue euch alles zu. Ich seh euch ja schon in meinem Museum. Ihr nehmt mir doch alles!, schon immer.

Und
tickt
und
tickt.

Die Wanduhr über der Küchentür.
Ihr ward schon immer schlecht im Verschenken.
Ein Fallbeil, das.
Ich warte darauf, dass sie endlich von der Wand rutscht, ganz plötzlich. Stürzt auf mich herunter, löst meinen Kopf von diesem Körper. Sinnlos. Oh ja. Das würde euch gefallen. Mich einfach so verschwinden zu sehen. Ich will euch aber nicht gefallen! Bin doch kein Tier, kein Hund, der euch wedelnd an den Händen leckt, an eurem Bein emporspringt. So weit wird es nie! kommen. Ich bin kein Vogel in eurem Käfig, und halte nie still.
Ich habe gesagt: ich bleibe sitzen!

Beharrlichkeit ist meine Stärke.
Ich hüpfe doch nicht in euch herum, flatterig, rastlos. Ich kann es doch sehen, jeden Sommer. Das bin nicht ich, dieser Vogel. In eurem Käfig. Auf dem Balkon. Wie der sein lächerliches Liedchen zwitschert, und sich wieder auf seine Stange setzt. Tag für Tag. Wie der mit den Flügeln schlägt und wieder abhebt, mit dem aufgefächerten Schwanz an den Gitterstäben entlangstreift, und sich wieder hinabfallen lässt, auf den sandbedeckten Boden. Oder plötzlich Körner pickt. Oder plötzlich innehält, sich in seitliche Stäbe krallt und den Kopf mal in diese, mal in jene Richtung streckt. Die reine Willkür! So dumm! Dieser prall gefüllte kleine Leib. Bewegungsdrang und Ungeduld.
Das bin nicht ich.
Ich bin geduldig.
Ich bin nur nicht zufrieden!
Dass ich bleiben muss in diesem Kasten.
Dass ich verenden muss, um ihn zu verlassen. Das stört! Und wie. Ich bin nicht zufrieden, das ist der ganze Unterschied. Dass der Mann den Vogel dort sitzen lässt, den ganzen Sommer. Das! stört!
Hatte schon gehofft, er hätte ihn vergessen.
Dann könnte er endlich sterben und ein für allemal hinaus.
Dann wäre ich auf den Balkon geklettert, die Leiter steht im Keller, hier sieht doch niemand, was ich tue–
Das geschieht euch nur recht!
Ich hätte mir den Schlüssel zur Wohnung besorgt.
Ich hätte den Schlüssel gar nicht gebraucht.

Ich hätte, ohne mit der Wimper zu zucken, die Wohnungstür aufgebrochen, ich wäre über den Mann gestiegen, längst liegt er tot zwischen Küche und Flur, mitten im Weg, am Boden, die schweren Gliedmaßen verrenkt, dazu ein feiner Faden am Mundwinkel, dunkelrot– kräftig zugeschlagen habe ich. Und wie ich stark bin! Ihr habt doch bloß Angst. Alle! Alle Angst der Welt. Tja. Der Mann hat keine Angst mehr. Der liegt jetzt da, massig und schwer, ich hatte es beschlossen. Ich steige einfach über ihn hinweg, ich bin geschickt. Ich gehe in wenigen Schritten bis hinaus auf den Balkon. Gekonnt öffne ich den Käfig, greife den starren Körper des Vogels heraus, ich wiege ihn leicht in meiner Hand, er ist ganz leicht und weich und steif. Und dann verlasse ich die Wohnung. Einfach so, einhändig. Eigenmächtig. Ich trete einfach vor die Tür, und endlich, endlich!, herrscht wieder Ruhe.
Alles eine Frage der Geduld.
Und weiter: Den Bauch aufschlitzen. Das Stroh. Die Watte. Nagellack für die Beine, Krallen. Das Haarspray für den Schwanz. Mit dem Kamm die Flügel richten. Und Perlen, ganz wichtig, Perlen für die Augen, was soll die Kette an meinem Hals, ich seh euch auch so schon viel zu ähnlich. Sehr richtig, es gibt bessere Zwecke. Und weg damit, die Augen raus. Feinsäuberlich herausgedrückt, zuerst das Hirn, es quillt hervor, sehr klein, sehr hell, und dann die Augen. Die feinen Perlen eingefasst, und Haarspray wieder. Reichlich lüften. Aus dem Park ein schöner Zweig. Ich nehme die Uhr von der Küchenwand, so einfach geht das. Verdammt einfach! Ich hänge dich dort über die Tür, genau dort. Ich habe dich doch nicht um-

sonst gerettet. Ich will neidische Blicke zu dir hinaufwerfen, damit du mich trösten kannst, du dummes, du wunschloses Ding. Und wehe mir, du beginnst zu verblassen. Dein erschreckend gelbes Gefieder. Wehe!, du hältst nicht, was du mir versprichst. Hängst du am Zweig gleich über der Tür, an Stelle der Uhr, und kippst vornüber wie ein Pendel. Nicht doch! Oder lässt dich einfach weiter wesen, im Uhrzeigersinn, gegen meinen Willen. Ich hasse diesen Fischgestank! Ich warne dich, das! darf! nicht! sein. Dreckiges Stück. Nutzlos pochendes, warmes Herz. Ich sage dir, jetzt kommt der Winter. Jetzt ist es kalt. Da lässt er dich nicht mehr stehen auf seinem Balkon, der dumme alte Mann. Da bleibst du verdammt für ein weiteres Jahr, in deinem stickigen, mickrigen Käfig, und musst herumhüpfen und zwitschern, wie du es verdienst. Du Vogelhirn, du selbstzufriedene Natur. Wenn das! so! ist!, ja dann. Dann hast du es eben nicht besser verdient. Dass ich nicht lache. Nicht, dass ich dir noch dein Leben verkläre! Habe es ja auch nicht getan. Ich will schließlich nicht meinen Ausblick verlieren. Das fehlt mir noch. Nicht auch noch das. Oh! nein. Ich habe keine Angst. Ich habe es mir nur aufgespart, für den nächsten Sommer. Für später. Für den Winter, der kommt bestimmt. Ich war schon immer gut im Sparen. Sparen geht immer. Für später einmal, wenn sonst nichts mehr geht.

Bitte?
Was sagt da jetzt der Mann zur Frau?
Schlecht sieht er aus, so blass. Im Film fehlt es an Farbe. Das soll wohl so. Mir fehlt es an allem. Das wollt ihr so!

Ihr seid euch alle hübsch gleich geblieben. Allesamt. Ihr sprecht doch alle dieselbe Sprache. Mit einer Stimme hör ich euch, wie frisch!, sagt ihr, die Haut deines Gesichtes!, als zögen die Jahre an dir vorbei, Fels in der Brandung du, wie seltsam!, du!, so unberührt!
Schreit doch nicht so.
Noch immer im Büro?, du, noch immer, der alte Chef? Sag, die Freizeit, sag, die Bekannten, und sag, deine Schwestern, was machen die Kinder?
Ihr sollt nicht so schreien!
Sag ich!
Ach was, sagen sie, ja sagen Sie nur!, einen schönen Tag, Frau Nachbarin!, ja hören Sie denn, geht es Ihnen nicht gut?, haben Sie heute schon in den Spiegel geschaut, Sie haben da diesen leblosen Blick, und dabei tragen Sie doch diese gesunde Farbe mit sich herum, sogar mitten in Ihrem zarten Gesicht!, ja!, nun blinzeln Sie doch mal, und jetzt nur nicht so freudlos, hören Sie mich–
Heuchler allesamt.
Grün und blau schlagen.
Das!
ist Farbe. Meine Faust in euer Gesicht. Und dann bleibt mir vom Leib. Dann lasst mich nur ein für allemal bleiben. Damit ich sein kann, ohne bewusstlos zu werden. Ja verdammt!, die Arbeit, und ja!, die Wohnung, und nein!, ich tue nichts für mich, ich bin einfach so. Blendend! Ich kaufe mir keine neuen Kleider, die alten Sachen stehen mir gut. Ich besorge mir keine neue Haut, die alte steht mir noch immer bestens. Und eure Bilder könnt ihr auch behalten! Ich bin wie gehabt, von niemandem genommen. Ich bleibe,

wie gesagt, und niemand hört mich kommen. Da staunt ihr wohl. Recht so! Ich bleibe dabei. Ich weigere mich, Bewegung zu sehen. Mich unüberlegt in Bewegung zu setzen. Ich muss mit den Augen anfangen! Stillhalten kann man lernen. Weiß doch jedes Kind. Ich sehe alles. Ich sehe mich. Ich übe mich in Beständigkeit. Nur das Licht. Ich brauche Licht! Dann leuchte ich die Schatten fort, mich! in meiner Vergänglichkeit. Den richtigen Ort habe ich längst gefunden. Meine Oase, in die mich keiner verfolgt. Einen Ort, an dem mich keiner vermutet. Da trifft sich nur, wer nie freiwillig kommt. Kinder. Schulklassen. Aufsichtspersonal. Oh nein, nicht hier! Das hier ist magerer Ersatz. Staubige Räume, tonlose Exponate. Nicht hier, dort! Dort riecht es nach unterdrückter Verwesung. Nach angehaltenem Atem. Dort stockt die Zeit. Dort steht alles Wichtige an der Wand. »Zur Information«. »Zur Bildung«. »Zur Kenntnis«. Untotes Archiv gesammelten Wissens. Eingefrorenes Verhalten. Verhalten ist, sich binden zu lassen! Aber da schaut ihr weg. Hinschauen, hallo, hier spielt die Musik. Hier: Die natürlichen Feinde des Luchses. Die Rotwildfamilie an der Tränke. Die Wölfin versorgt ihre Jungen im Bau. Der Buntspecht baut sein geräumiges Nest. Hier sitzen sie alle und schauen mich an, jeder für sich ist gut getroffen. Eine Kunst, den Leib nicht zu versehren, den toten Leib im Leben zu halten. Ich vergesse zu gern das falsche Wasser. Das Panorama in ihrem Rücken. Diese sorgfältig ausstaffierten Prospekte, vertrocknete Blätter, das Wasser aus Glas. Ich denke liebend gerne: echt! Echtes Fell, echte Gesten! Eingefrorene Geschäftigkeit! Kein Alter, keine Dauer. Echt getroffen das kalte Herz. Echt gebrochen der fehlende Puls.

Schön. So schön. Ich weiß, die Körper sind ausgestopft, die Zungen falsch und die Augen aus Glas. Ich finde sie alle beneidenswert. Wie sie dort stehen in ihrem Leben! Und bleiben!, wann immer ich komme, gestern, morgen. Ich vergesse einfach den pelzigen Staub, diese grauwattierte zweite Haut. Mehltaukörper. Sie bleiben stehen, so und so. Sie rühren sich nicht. Verharren fälschlicherweise geschäftig. So unberührt!, trotz alledem. So schön! Sie bleiben sich treu. Ihrer Erscheinung. Verstorben, aber da. Und dieser Vorwurf im Blick, dieser Stolz! Der Luchs, der mir sagt, schau: so. Sterben ist nicht alles, sagt er, auch Leben will gekonnt sein. Du kannst nichts. Weil du nicht willst. Du lässt dich widerstandslos verschieben, schau doch nur, was sie aus dir machen. Du lässt dir ihre Spuren gefallen, ihre Spuren auf deiner frischen Haut, diese Nötigungen zum falschen Verhalten. Verhalten ist auch, deine Ruhe zu wahren. Dein Recht! Du lässt dich rühren, das ist schwach. Sagt die Wölfin mit strengem Blick, aus ihrem Reservat heraus, sagt: Mach es wie wir. Lass dich anfüllen mit allem, was ihnen recht ist, lass dich zur Hülle machen für ihre Reste, ihren Müll, wer stark ist, lässt sich nicht beirren. Lass dir gar die Augen ersetzen, du wirst auch so sehen, was du siehst, Hohlraum ihrer schwachen Gedanken, du bleibst auch so, wie du längst bist. Lass dir bloß nicht diesen Ausblick nehmen. Verschiebe nie, was ihnen nützt. Reglosigkeit ist auch eine Haltung. Wahre Stärke liegt in Beständigkeit. Verharre regungslos in der Zeit, sie werden dich hassen, erst dann bist du stark. Sterben tun nur die anderen, die Starken bleiben im Tod noch bestehen, und du–

Halt jetzt ein. Das muss uns reichen. Schließlich: Wollen wir das sehen?

Was genau.

Wie eine Frau, die jünger aussieht, als sie tatsächlich ist, sich entschlossen aus ihrem Sessel erhebt, die Lampe, eben noch in ihrer Linken, abzusetzen am sauberen Boden, um nach der Fernbedienung zu greifen, den Fernseher auszuschalten.

Warum sollte sie das tun?

Der tonlosen, farblosen Münder wegen, und des hitzigen Schleiers in ihrem Gesicht. Und weil es so geht.

Als wäre das alles! Allein, es geht weiter. Wir müssen sehen, wie diese Frau *Edith* wieder nach der Lampe greift, um sie deutlich auf den erloschenen Bildschirm zu richten, *um festzustellen, dass sich die Spiegelung nicht fortleuchten lässt, von keiner Lampe, die sie vor den Bildschirm hält, im Gegenteil, es wird nur schlimmer, sie muss sich noch immer darin erkennen–*

–sodass man *eben!* sehen muss, wie Edith beginnt, einer Tätigkeit nachzugehen, bei der sie sich die Finger schmutzig macht, die Bluse, den Rock, am Ende die Schuhe, dass man plötzlich meinen möchte, sie habe die falschen Kleider an, statt dass man sähe: sie hantierte schlicht mit falschen Geräten: Nachdem sie den Sessel verlassen hat und mit sachten Schritten durch das Zimmer gegangen ist, hinaus auf den Balkon, wo wir sie besonders deutlich erkennen, wie *nah! wie* sie in die Knie geht und einen Farbtopf vom Boden nimmt, der seit Monaten dort steht, unberührt, *die Handwerker damals, das Sanieren der Fenster, die Nachlässigkeit, mit der diese–*

den dünnen Henkel an zwei dünnen Fingern, zurücktritt in das leuchtende Zimmer, wo sie den Farbtopf absetzt am Boden, die Balkontür vorsichtig wieder verschließt, sich hinhockt auf den Teppich und ungeschickt den angetrockneten *(verklebten)* Deckel löst, ihn hebt, um dann nach dem Pinsel zu fischen *(das Streichen, damals, der Fensterrahmen)*, ehe sie an den Fernseher tritt und mit ungeübten, gleichwohl sorgfältigen Zügen den Bildschirm übermalt, mattweiß glänzend, während die Farbe ihr am Handgelenk herunterrinnt, weit über das Armband ihrer Uhr. Und dennoch, es ist schnell getan, mit einem Blick das Ganze erfasst. Dass sie sich zurücklehnen kann, um die leuchtende Fläche zu betrachten, unter der ihre Spiegelung verschwunden ist; ohne sich zurücklehnen zu können, da sie sogleich etwas Neues entdeckt, etwas Störendes, Blinkendes, die Anzeige des Videogeräts, die ihr verrät, was die Stunde schlägt *wir wissen es selbst, es ist wieder dieselbe*, und wir sehen eine Wut in ihren Augen, *eine unbändige Wut, dazu noch diese Entschlossenheit*–

Ich habe mich noch nie unterworfen!

–und wie sie sich nun aufrichtet, endgültig, und jede Sorgfalt von den Fingern streift, um in großen, ungeduldigen Gesten zunächst die Leuchtanzeige des Videogeräts zu übermalen, dass ihr die Farbe, abgestanden, allzu flüssig, ungerührt auf den Teppich tropft, während sie bereits mit zusammengekniffenen Augen, mit sachlichem, prüfenden Blick durch das gesamte Zimmer fährt, dass sie unweigerlich den alten Wecker im Regal entdeckt, das Radiogerät auf dem Beistelltisch, einen Bilderrahmen links der Tür, die Musikanlage in ihrem Rücken: all diese leuchtenden, blinkenden Teile, deren spiegelnde, deutende Oberflächen sie mit einer Bewegung ins Weiße wischt. Und zieht weiter, den Farbtopf sehr fest in ihrer Linken, in den Fingern der anderen, der längst verschmierten, rechten Hand, den klebrigen Pinsel, entschlossen hinaus in den Flur zunächst, und wieder hinein, in die reinliche Küche. Dort: das andere, ältere Radiogerät, die roten Ziffern: übermalt; die große Uhr gleich über der Tür: Schwankend steigt sie auf einen Stuhl und übermalt auch diese, es geht ganz leicht; ehe ihr Blick durch den Türrahmen in den Flur fällt, wo ein hoher Spiegel ihren weißbetropften Rock einfängt, ihre etwas dünnen Beine, ihren unsicheren Stand auf der Stuhlfläche, die halbhohen Absätze in das Kunstleder gedrückt. Gleich weiter: Steigt sie hinab und zum Spiegel hinüber, fast gehetzt, um auch diesen zu übermalen; sofort muss sie auch das Badezimmer prüfen, auch dort die Fläche des Spiegels zu brechen, und diese Kachel, allzu forsch aus der Wand herausblinkend, und warum nicht gleich den Handtuchhalter, sauber verchromt, streifenfrei, und die Duschbrause, den Zahnputzbecher, das Seifenschälchen, die Puderdose: wenn man sich schon die Mühe macht. Denkt sie vielleicht und hält bald inne, versuchsweise auch den Atem an; eine zerbrechliche Ruhe tritt dazu ein. Sie hört fast nichts. Sie hört noch das Surren des Kühlschranks, eintönig und beruhigend fast, doch wie einfach ist es, den Stecker zu ziehen, nur ein Handgriff genügt. Hört noch das Atmen des Verkehrs, schließt wütend sämtlich verschlossene Fenster. Hört das Rascheln ihres steifen Rockes, in die Farbe getränkt wird er ruhiger, hört nunmehr den eigenen, tonlosen Puls, auf dem Sessel sitzend nimmt der sich zurück, hört das Niedergleiten des Farbtopfhenkels, die Farbe, die sie hat absetzen können auf dem Teppich, jetzt, wo getan ist, was unvermeidbar war. Hört alles in langsamer Deutlichkeit, es gehört sich so, könnte man meinen, und: dass es also gut sein könnte, und des Guten genug. Die Lampen brennen gegen das Weiß. Nun könnte sie anfangen, rastlos zu warten, ganz außer sich geschieht nichts mehr, die Zeit überstanden, die Stunde besetzt, sie könnte es glauben, die Arbeit getan.

Allein: etwas stört sich nicht, sie weiter zu stören, etwas lässt nicht ab vom Verweis auf ihr Werden, dieses ihr urtümliche Vergehen; sie hört das Ticken des alten Weckers, ungebremst durch die weiße Haut, schlägt es weiter im Regal, pocht es schwer in ihr Gehör, tönt es bleiern in ihre Stille, in ihre weiße Zeitlosigkeit. Das ist zu viel. Das lässt sie, Edith, sich nicht vorschreiben, wie schnell ihr Puls zu gehen hat, worauf sie ihr Ohr zu richten hat, sie lässt sich nicht zurechtweisen, ihre Räume erschüttern durch das alte, beständige Ticken eines alten Weckers, dessen Räderwerk unangetastet durch die Zeit gelangt ist: Standhaft schimmert der grüne Lack durch das zähe, feuchte Weiß hindurch, während der Rahmen, der alte, unverrückbare Rahmen, weiterhin sämtliche Ziffern zusammenhält, als ginge es hier gar nicht ums Erkennen, allein um das Hören verlässlicher Schläge. Sie aber, Edith, gibt sich nicht geschlagen, nicht mehr als sonst, nicht weniger auch; sie, Edith, richtet sich auf, sie,

Edith, verliert die Geduld, greift ins Regal nach dem klebrigen Klumpen, zwischen Kerzenständern, Vasen und Kristall, reißt es aus der Anrichte heraus, das triefende, tropfende, tiefweiße Ding, und geht damit hastig zum Balkon, öffnet die Tür in die späte Nacht, steigt hinaus in die kalte Luft und tritt ungebremst an den Rand der Fläche. Dort verharrt sie ohne Ruhe, zu nah sehen wir sie an der Brüstung stehen, allzu fest die Finger um den Wecker gelegt, eine verklebte Faust vom Körper fort; und wie sie sich nun an die Brüstung lehnt, die Linke mit Abstand vor der Brust, und diese nun hinüberstreckt *wie uns entgegen*, so weit als möglich über das Gestänge *hinüber zu uns*, nun auch die Füße zu Hilfe nehmend, die zierlichen Füße in den halbhohen, weißbekleckten Schuhen, die Halt suchen an den unteren Streben, als seien sie derlei Bewegung gewöhnt, das Erklimmen abgesperrter Zonen; da sehen wir sie, diesen wankenden Körper, *sehen dort Edith stehen in der Nacht, haltlos und starr gleich über Karls Balkon* und müssen uns fragen *atemlos, ahnungslos*: Was *nun* wird *gleich* fallen?

Bleibt die Frage allein, fehlt uns weiter die Antwort. Kaum ließe sich sagen, was jetzt geschah, wie *ein Sprung in der Zeit, wie* ein Knick in der Linse: als hätten wir plötzlich zu langsam geguckt. Das Zimmer leuchtet in ihrem Rücken, das können wir verbindlich sehen, allein ihr Schatten, der Schatten der Frau, die deutlich vom Körper gestreckte Hand, *Edith:* davon ist nichts mehr zu erkennen. Kalt weht es nun in ihre Räume *so frisch wie uns um unsere Schultern*; dahinter die Balkontür ragt sperrangelweit offen ins Zimmer hinein. Es ist nicht schlecht, denken wir noch, dass jetzt die Farbe trocknen kann, es ist nicht falsch, überlegen wir, man denke nur an die giftigen Dämpfe.

VII.

Abgesehen davon dass: geht es auch anders. Es gibt andere Stimmen und andere Gerüche. Verschlossene Fenster und offene Münder. Es gibt auch Ruhe in diesem Haus.

Du meinst diese Menschen, und keiner spricht?

Denkst du, keiner. Hörst es doch.

Sehen wir deutlich diese Menschen, die Zimmer, die Köpfe, die Münder voller Worte, und keiner spricht, außer mit sich, keiner,

keine?

der oder die–

Ich sehe das anders. In diesem Haus ein Mensch, der nicht für sich allein denkt; ein alter Mann–

richtig: Adam

–ist nicht allein, es trippelt und flattert durch die Zweige der Bäume, gemeint ist nicht ein Wald verlegen nicht sein Kopf*; die städtische Nacht fällt ein in den Raum*

richtig: seine warme Küche–

und nistet sich ein im Küchengeruch, verschwimmt mit dem Muster–

Jetzt weiß ich es wieder:

Adam *(deutlich)*:

Nicht an den Herd! Du siehst doch, dass das kocht im Topf. Siehst du doch. Bleib mal schön hier, ja. Das ist zu heiß da drüben. Nicht, dass du mir noch.

Ein Blick in die helle Mitte des Hauses. Sehen wir: Adam. Ein alter Mann, der sich bewegt, in kleinen Schritten hinter dem Fenster. Durchquert seine Küche. Geht in die Knie. Holt eine Kaffeetasse aus dem Unterschrank, nimmt den Wasserkocher von der Herdplatte, stellt die Platte aus.

In Worten?

Schweigend. Schiebt die Kaffeekanne herüber und gießt Wasser in den Filter. Berührt die Gegenstände mit diesen alten Gesten, fest und bestimmt. Wir sehen es deutlich: Er weiß um das Gewicht der Kanne in der Hand. Er weiß genau, wie er die Tasse zu greifen hat, den Henkel um zwei raue Finger, der Daumen befühlt das Porzellan; der Daumen erinnert sich an Blech und Plastik und an die hohle Hand, der alte Daumen hat selbst den Henkel angeklebt und fährt jetzt beiläufig über die Naht.

Adam *(zärtlich)*:

Riecht gut, was. Magst du das. Magst du? Riecht gut, so frisch. Eben gemahlen, der Kaffee, das riecht man. Grad vorhin gemahlen. Als ich aufgestanden war. Dachte, dass es mich müde macht, wenn ich mich schon freuen kann. Auf das Frühstück freuen, dachte ich. Riechst du das? Da hast du grad geschlafen. Im Stehen, du, wie immer. So bist du. Hat bei mir nicht funktioniert.

Nicht an den Herd! Ksch! Nicht! Hansi.

Wir hören Geschirr, fast grell über Adams pelzigen Schritten, dazwischen fransig das Flattern des Vogels: klirrend, schlurfend bewegt sich die Luft, und liefert den

Atem für Adams Stimme. Bestimmter wirkt plötzlich das Licht vor dem Fenster *dort drüben, am Ende unseres vernebelten Blickes,* und heller die Lampe über dem Tisch; im Dunst der Küche weicht die Dunkelheit ans Fenster zurück *zu uns zurück und hüllt uns ein,* verdichtet sich dort zur städtischen Nacht *die keine ist, undurchdringlich zwischen uns, und am Ende–*

Adam öffnet den Mund–

Gut, die Birnen dieses Jahr. Was für eine Ernte, da haben wir was von bis in den März. Dafür gabs kaum Pflaumen diesen Sommer. Kirschen schon, aber keine Pflaumen. Ziehen einem alles zusammen im Mund, steinhart die Dinger, dabei hätte man gemeint– abgefallen, viel zu früh, und steinhart geblieben. War wohl nichts, diesen Sommer. Kein Pflaumenjahr. Aber die Birnen.

–und hält inne. Wendet sich zurück zur Tasse und kocht das Wasser noch einmal auf: indem er den Kocher zurückstellt auf den Herd, die Platte wieder anschaltet und geduldig wartet, dass aus dem Zirpen ein Beben wird, und aus dem Klopfen ein Kochen; wir sehen ihn im Kochtopf rühren währenddessen, ohne den Blick vom Wasserkocher abzuwenden (den schwachen Ohren ist nicht zu trauen); im Kochtopf das Obst, es schmatzt.

Adam *(zufrieden)*:

Wie du da sitzt, auf den Birnen. Da sitzt du gern, nicht wahr. Weil es so duftet. Riecht gut, nicht wahr. Riechst du das? Kannst du gern sitzen, auf den Birnen.

Solang ich sie nicht brauch. Erst die Marmelade, dann die Birnenstücke. Da steht der Zucker, für nachher, dann. Wie das dann schmeckt. Mit Schokoladeneis, gut ist das, gut. Birne Helene heißt das. Helene, wie Helene, genau. Schön was, schön. Birne und Schokolade. Oder geht das anders. Ich glaub, das geht anders. Muss ich sie mal fragen. Vanille mit Schokoladensoße. Im Nachtrock heißt das, wie heißt denn das–

Und gähnt nun doch,

–wie heißt denn das,

unwillig den Mund verzogen, den Satz noch zwischen die Zähne geklemmt,

das war mal modern, ich weiß nicht mehr, wann–

und fährt sich nun doch über das Gesicht, die Müdigkeit fortzuwischen mit einer rauen Geste, den Schlaf, der nicht kam, hinwegzureiben aus den Augen zwischen die Finger der rechten Hand.

Der Vogel hat sich nicht von der Stelle gerührt. Der Mann *Adam* hat sich nicht vom Gedanken gelöst.

Gut ist das, die Birnen mit Eis. Zucker ist wichtig, ganz viel Zucker, sehr süß muss es sein, nicht Hansi, schön süß. Wie die Marmelade, nachher. Und wie du was abbekommst davon. Na sicher doch. Aber warten musst du schon, ein bisschen warten noch.

Wir müssen nicht warten, dass etwas geschieht. Die Ohren in Adams Küche gelegt, hören wir mehr als nur gedacht, eine Vielzahl von widerstreitenden Klängen. Jetzt:

Der Kocher: er pfeift, erst dünn, dann mit zwei Stimmen, am Ende deutlich ein klares Signal, ein starrer Dreiklang, freudlos harmonisch. Adam schiebt den Wasserkocher von der Herdplatte, ehe er mit großer Sorgfalt die Platte wieder ausschaltet; wir sehen ihn sich hinunterbeugen und jeden Schalter einzeln prüfen, das Wasser aus, nur der Kochtopf bleibt an. Dann richtet er sich wieder auf, stutzt ein wenig und hält inne; stützt eine Hand auf die Arbeitsfläche, hält die Gedanken gegen das Licht. Bis er wieder weiß, was zu denken war, und welcher Griff zu tun: die Hand an den Wasserkocher legen, zum Beispiel, um erneut dampfendes Wasser in den Filter zu gießen, die Bewegung bedächtig zu Ende zu führen; und hätten wir keine Verblüffung gesehen, wir hätten nur Müdigkeit vermutet, wir hätten gedacht *kein Wunder, die Zeit, oder wenigstens doch*: der alte Mann.

Adam *(bedächtig)*:

So ein Kaffee. Pechschwarz, schon immer. So ein Kaffee, und ich weiß wieder, wer ich bin. Warum ich aufgestanden bin, warum ich wach bleib. Nicht meinetwegen, nur für den Kaffee. Ja, natürlich auch für dich. Natürlich gibt es immer Gründe. Und wie du einer bist. Lass dich doch nicht allein den ganzen Tag, hab ich nie gemacht, bei niemandem. Aufstehen, wach bleiben, die Augen offen. Allein für die andern, allein schon für mich. Und für den Kaffee. So war das, schon immer. Ja, was meinst du, das war auch schon anders. Die Tage ohne Kaffee früher, wie schrecklich das war. Wie alles schrecklich war. Alles kaputt. Zu Hause. Im Kopf. Alles weg, nur Haut und Knochen. Denk nur, ich auch, keine fünfundvierzig Kilo. Haben wir bald dasselbe gewogen, Alma und ich. Kaputt, ein alter Mann. Ging so schnell, war plötzlich so alt. Musste ich erst wieder werden, wie ich war. Hat sie mich aufgepäppelt, die Alma. Dass ich wieder denken konnte. Waren wir uns geblieben, wir zwei, konnten wir uns wiederfinden. Und ihr Kaffee, als es den wieder gab. Dagegen ist das hier nichts. Ich sag dir: nichts. Gegen Almas Kaffee. Kamen die Kinder irgendwann mit der Maschine an. Nichts verstanden hatten die. Aufgießen, immer aufgießen. Hab ich gleich weggeschmissen, die Kaffeemaschine, kam nur Plörre raus. Mist, alles Mist. Nichts gegen Almas Kaffee.

Und nimmt den Filter von der Kanne herunter, und legt ihn in der Spüle ab; greift nach dem Deckel neben der Spüle und setzt ihn bestimmt auf die Öffnung der Kanne, ehe er die Zuckerschale vom Tisch nimmt, zwei volle Löffel in die Tasse schüttet, den Zucker, den Löffel, mit Kaffee übergießt. Betrachtet den Dampf, wie er aufsteigt aus der Tasse und sich mühsam im kleinen Raum verteilt; pustet ihn in die satte Küchenluft. Und legt schließlich den Mund an den stumpfen Rand der vollen Tasse, schlürft den Kaffee durch die alten Lippen, ohne zu spüren, dass kleine Tropfen das Kinn hinablaufen, als dunkler Faden am Mundwinkel entlang (die Haut: vom Rasieren taub geworden); hält die Tasse unbeirrt mit der Linken an die Lippen und reicht dem Vogel die Rechte hin. Ein Trippeln und ein Flügelschlagen, ein Vogel setzt sich auf den Rücken einer fleckig gegerbten, feuchten Hand; der raue Daumen befühlt die zarten Federn am Hals des Vogels, der raue Daumen fühlt genau, wie zart *wie warm*, wie weich das ist. Durch die raue Daumenspitze ein Gefühl von Bett und Schutz, zum Greifen nah ein verlässlicher Traum.

Weil diese Automaten nichts taugen, verstehst du. Weil sich das nicht automatisieren lässt, so ein Kaffee. Dass der nach was schmeckt, nicht wahr. Braucht es mehr dazu als elektrischen Strom. Braucht es nicht viel, nur ein bisschen mehr,

Wie warm dieser Hals!

nur ein winziges Bisschen,

–der Vogel ganz still–

siehst du wohl. Deshalb war der so gut, Almas Kaffee. Das haben die einfach nie rausgeschmeckt, die Kinder. Dass ich mich fragen muss manchmal, ob die das kennen. Diesen Geschmack. Schmeckt heute ja alles anders. Alles gleich. Nach nichts, wenn man es nicht selber macht. Wegen dieser Geschmacksverstärker, die sie heute benutzen. Machen sie alles so deutlich. Aber es hilft nichts, so schwach. Es bleibt so schwach dabei, trotzdem. Es bleibt–

Bis dass der Vogel die Hand verlässt,

Nicht doch, bleib hier, na wirst du wohl!

einen Sprung zu wagen vom Rücken der Hand hin zur Wärme des Topfes, dass wir Adam auffahren sehen, und zum Kochtopf greifen, ihn an den hinteren Rand der Herdfläche zu schieben, den Vogel scheuchend mit der Rechten, während die Linke die Tasse abgesetzt hat, um neuerlich im Kochtopf zu rühren, damit es deutlicher dampft, damit Bewegung aufkommt und nichts anbrennt dabei. Das macht ihn ruhiger *denken wir*, fast kann man es sehen.

Adam *(heiser)*:

Musst doch aufpassen, mit dem Herd, das weißt du doch. Nicht dass du mir da noch, stell dir mal vor. Was, Hansi? Hansi im Schlafrock. Das wär was, ja was meinst du. Gar nichts wär das, was. Oh nein, mein Lieber, das lass mich mal allein machen.

Und schweigt. Und rührt. Und lässt sich nicht beirren, dass der Vogel nun das Weite sucht, die schmale Weite dieser Küche; dass er mit einem Flügelschlag den engen Raum für sich gewinnt, den Dampf durchfährt und sich niederlässt an der Tischleuchte, das Kabel zwischen die Krallen geklemmt, den beweglichen Kopf in Richtung des Herdes. Dort steht der Mann und spricht unbeirrt weiter, rührt im Topf und vergisst den Kaffee.

Besser alles selber machen. Hat gedauert, bis ich das begriffen hab, beim Essen hat das gedauert. Musste erst die Alma für sterben, dass ich das begreife. Dass ihr Essen so geschmeckt hat, weil sie alles selber gemacht hat. Brauchte keine Geschmacksverstärker, die Alma. Hat sich selbst genügt. War selbst genug, und mehr als das. Mach ich jetzt auch. Alles selber kochen. Schmeckt bloß keiner, die Kinder zum Beispiel, die schmecken das nicht. Kaputte Zungen haben die, wegen der Geschmacksverstärker heute. Die nehmen mich immer mit ins Restaurant, damit ich mal was Richtiges bekomm, sagen sie. Und dann greifen sie nach dem Salz, noch ehe sie probiert haben. Denk nur, wie gut das schmeckt, sagen sie, weißt du, Vati, wenn man nicht selber kocht. Gut ist das, Vati, nimm mehr vom Salat. Und iss mehr hiervon, und probier doch mal das, und meinst du nicht, wir haben recht, dass da mal jemand kommen muss, was meinst du, Vati, nicht, zu dir? Dass du was zwischen die Zähne bekommst, was Richtiges, und jemand dir den Haushalt macht, sag mal, Vati, was meinst denn du. Dabei wollen die das gar nicht wissen. Was ich meine. Ins Restaurant gehen, als könnte man nicht zu Hause essen. Als wär es nicht schön bei mir. Das mein ich. Ich meine, die Kinder wissen gar nicht mehr, wie man ein gutes Essen kocht. Dass das auch schmeckt, das haben sie verlernt. Deshalb.

Und hat den Topf vom Herd geschoben dabei, und erinnert sich an seinen Kaffee. Rückt also seine Tasse zurück ins Blickfeld, die Lippen an den zerlaufenen Rand, kann also prüfen, ob der Inhalt schon kalt geworden ist. Der Kaffee ist nicht mehr heiß, man kann ihn jetzt gut trinken, man muss ihn nicht mehr schlürfen, vorsichtig, geräuschvoll durch die gespitzten Lippen, aber man kann, wenn sich niemand daran stört. Den Vogel stört das Schlürfen nicht. Der Vogel schaut zu, wie der Mann die leere Tasse abstellt und zur Schale mit den Birnen hinübergeht, wie er einen frischen Topf aus dem Unterschrank nimmt, und sich das Messer greift, eine Abfallschüssel;

der Vogel verlässt das Lampenkabel und nähert sich flugs der Arbeitsfläche, der Vogel setzt sich auf den Rand der Birnenschüssel und bewegt seinen Kopf.

Ja, das will gelernt sein, so ein Kochen. Das siehst du auch. Kannst das ja schmecken, mit deiner kleinen Zunge. Das kannst du, was. Bist nicht kaputtgegangen mit der Zeit. Hast nicht verlernt, wie so was geht. Hab ja auch nicht verlernt, wie man was beibringt. Früher waren das die Kinder, die eigenen und die fremden, hab ich das lange genug gemacht. Die zu fragen, wie geht denn das. Ja natürlich wusste ich das längst! Sollten aber selbst drauf kommen, da lernt man am besten. Sollten die Antworten selber finden, fast wie von allein. Dacht ich ja oft genug, Menschenskinder, hört doch zu. Und begriffen haben sie im Stillen, plötzlich sagt ein Kind: ich habs! Wie ich, in die stille Wohnung hinein, hab ich gesagt, ich habs, schau nur, Alma, siehst du das? Natürlich, hat sie da gesagt, das hatte ich dir doch versprochen.

Und jetzt ein Blick zur Decke, vielleicht, wohin der Vogel–

Und jetzt muss ich aber. Jetzt musst du mich an die Birnen lassen. Jetzt sind die Birnenhälften dran, jetzt füllen wir die Gläser voll, und dann sind die Stücke dran. Wie schön die sind, nicht? Die Kaputten verkocht, die Schönen bleiben ganz. Fast ganz. Zweimal schneiden, die Kerne raus, bleiben sie ganz. Wie das schmeckt! Was, Hansi, wie das schmeckt. Und wie einfach das geht. Das

Gute ist immer einfach. Hätte die Alma mich in die Küche gelassen, hätte ich das früher begriffen. Musste sie erst sterben für, dass ich das begreife. Musste ich mich erst entscheiden müssen, als sie tot war, Alma-Ersatz oder ich, wie werd ich satt. Musste ich erst herausfinden, für mich, nicht für die Kinder. Ich, hab ich dann entschieden: ich. Mach ich das allein. Bring ich mir bei. So gut wie Alma wird das nicht, aber besser als ein Ersatz allemal. Alma-Ersatz, das taugt doch nichts. Da gibt es gar nichts zu ersetzen. Da bleib ich allein, habe ich den Kindern gesagt, lieber allein. Da muss niemand kommen, ich werd schon satt. Und wie, hab ich den Kindern gesagt, ihr müsst nur gucken kommen, wie! Hab ich mir alles beigebracht. Mit der Alma im Kopf. Mit ihrem Geschmack auf der Zunge.

Der Vogel ist davongetrippelt. Der alte Mann lächelt und hört nicht das Zwitschern des bewegten Vogelkopfes. Der alte Mann hat Wichtiges zu sagen, er hört nicht die Bewegung des Vogels.

Ja natürlich konnt sie das besser! Die Pflaumen, stell dir nur vor. Ihr Kirschkuchen. Unvergleichlich. Das finden sogar die Kinder. Von früher noch, das wissen sie noch. Dass sie den Geschmack nie vergessen werden, das sagen sie selbst. Mein Kirschkuchen ist auch nicht schlecht. Anders eben. Gut, aber anders. Findest du auch, was. Hast aber ihren Kuchen nicht gekannt. Der Butschi, der hat das gewusst. Der Butschi hat sie gut gekannt. Und ihren Kuchen auch, und den Eintopf und den Braten und ihre Rouladen, die auch. Hat auch alles probieren dürfen, wie du. Bis sie dann starb, die Alma. Da starb der Butschi gleich hinterher. Ich nicht. Ich hab mich nicht sterben lassen. Obwohl es leichter gewesen wär. Ja, was meinst du, wie leicht. Hab ich aber nicht. Das wär ja was gewesen, meine Sachen packen und einfach gehen. Mit meinen zwei Beinen. Leichter, aber nicht gut. Hätte sie nicht gemocht, Alma. Dass ich schön bleiben soll, hat sie gesagt. Wenn sie schon fort muss. Dass wir uns später wiedersehen. Warten haben wir doch gelernt, hat sie gesagt, denk doch nur, das können wir. Dann hab ich auch meine Beine wieder, hat sie gesagt, dann müssen wir ohnehin nicht mehr laufen. Keine Treppen mehr, dann, dass ich sie nicht mehr schieben muss, hat sie gemeint, wenn wir uns wiedersehen. Da bin ich dann geblieben. Für sie. Da hab ich mir dann dich geholt. Was, Hansi. Weil sie weg war und ihr Rollstuhl auch, weil ich bleiben musste und es so leer war, hier bei mir, so still. Wo selbst der Butschi nicht warten wollte. Aber den kann man ersetzen. Alma nicht, aber den Butschi kann man ersetzen. Jetzt hab ich dich, was. Mein neuer Butschi heißt Hansi.

Dass man sich an dieser Stelle wünschte, der Vogel hebe zu sprechen an, gäbe doch wenigstens einen Laut von sich, ein Zeichen, einen Einspruch, einen Jubelgesang: die Sätze des Alten zu untermalen. Der Vogel aber schweigt. Der Vogel hat nicht seinen Namen gehört, er hat seinen Käfig aufgesucht, auf der Fensterbank mit Blick in die Nacht. Ist leise durch die Öffnung geflogen, hat sich geräuschlos niedergelassen auf einer der Stangen am linken Ende, denn rechts des Käfigs strahlen gefüllte Marmeladengläser ihre Hitze aus (während die Weckgläser nunmehr auf die Tischfläche gewandert sind, dickbauchig auf Füllung wartend, selbst die Gummiringe liegen bereit), dass die Scheibe vollständig beschlagen ist und gar nichts bleibt vom Blick in die Nacht. Dem Vogel bleibt, sich abzusetzen, den Kopf zu wiegen, zum Fenster hinaus, ehe er ruhiger wird, und still. Bleibt das Bild eines Vogels, ein gelber Flaum, wie ausgestopft, ein stummer Leib. Lässt sich umfangen vom süßen Dampf, von der sonoren Stimme des alten Mannes, der die restlichen Birnen in Viertel schneidet, um sie fallen zu lassen in das Zuckerwasser, in den gleichen, großen, erhitzten Topf, eilig abgespült, am Rand noch Schlieren von Marmelade. Die Schale mit den Birnen hat sich geleert. Die Schüssel mit den Kernen hat sich weiter gefüllt.

Sie hat mir ihre Stimme gelassen. Als sie ging, weißt du, hat sie gesagt: wir können uns sprechen. Hat sie versprochen, mir Zeichen zu senden, dass mich das Warten nicht müde macht. Hat sie gesagt. Bevor sie ging. Kannst du dir vorstellen, die Kinder? Wenn die das wüssten. Das bleibt mein Geheimnis, das behalt ich für mich. Ja, du! Du darfst das wissen, du weißt das doch längst. Nur hören kannst du sie nicht. Hast ja ihre Stimme nicht gekannt. Kannst ja gar nicht wissen, was du hören sollst. Ich dachte ja, du kannst es lernen. Bring ich dir bei, dachte ich, dann sind wir schon zu zweit. Dass ich dich eine Stimme hören lasse, die ihr ähnlich ist. Weißt du noch? Hast du dich gewundert, wie ich dich mitgenommen hab in deinem Käfig und rausgetragen, nicht nur raus auf den Balkon, weißt du noch? Wie wir in den Park gegangen sind, wo manchmal auch Helene sitzt. Das war was, nicht! Hab ich erzählt, du könntest sprechen. Wollte ich ihr nicht sagen, dass ich glaub, die Alma spricht aus ihrem Mund. Hat sie gedacht: kein Wunder, die Zeit, der alte Mann, dachte sie sicher: was der sich so denkt, mein Nachbar mit dem Kanarienvogel! Der erzählt Geschichten, hat sie gedacht. Soll sie doch, denk ich mir eben. Dachte ich. Aber ich hab mich geirrt, jetzt weiß ich es besser. Alma spricht nicht mit Helene, Helene erinnert mich an Alma. So ist das, so einfach. Es ist nur ihre Art zu sprechen, und was sie aus dem Krankenhaus erzählt. Dann denk ich an Alma und wie sie die Soldaten versorgt hat und später die Kinder, und mich vor allem, als ich endlich zurück durfte ins Trockene, fort von den Rheinwiesen, wieder essen und sprechen, nicht schwitzen oder frieren und nichts dazwischen, so mager bis auf die Gedanken. Dass sie Ärztin geworden wär, wenn ich, wenn wir, wenn man damals, in der Zeit– Und dann hat Helene diesen Blick, dann sieht sie mich an mit einem Lächeln am Mund, und ist doch so ernst, weißt du, das alles ist es, was mich an Alma erinnert, aber ihre Stimme ist es nicht. Kann ich sie dir eben nicht zu hören geben, müssen wir warten, was. Sag ich nur dir, kommt der Moment, dann bring ich es dir bei. Kann ich dir sagen, in dein Zwitschern hinein, wie du so spricht, das ist wie sie, ganz leise zu mir durch dich hindurch. Ja da lachst du, was. Wenn ich dir sage: die Wände, die Vögel, ganz ganz leise. Denkst du wohl auch, der alte Mann, was. Denkst du wohl auch, wie tickt denn der, dass der Stimmen hören will, der hat doch einen Vogel, der. Stimmt ja auch! Hab ich ja dich! Verstehst du jetzt, nur deshalb.

Hörst du mir zu? Schläfst du schon wieder? Da hallt es aber im Treppenhaus, da gehen Schritte. Denk nur, so spät, ein Luftzug zieht an meiner Tür, ich muss dran denken, der Winter kommt, muss ich was machen mit der Tür. Wer geht denn jetzt, zu dieser Zeit, was meinst du, und verlässt das Haus. Schon so früh, was sagt die Uhr. Und sicher kalt. Nur du schläfst wieder, im Stehen, wie immer. Auf deinen zwei Beinen, ja. So bist du. Will bei mir nicht funktionieren, hab ich verlernt, kann ich mir kaum mehr vorstellen, wie– gab eine Zeit, da konnt ich das auch, konnt ich wie du, die Erschöpfung da draußen, konnt ich mitunter, ging sogar Träumen–

Wo nur wieder meine Tasse steht. Einen Kaffee jetzt. Gut, noch einen Kaffee. Schon so früh. Dass ich endlich schlafen kann.

VIII.

Wie dunkel der Ausblick. Dass man sich fragt, weshalb man die Augen aufreißt gegen diese Nacht, weshalb man nicht die Lichter löscht, den Kaffee trinkt, die Balkontür schließt, in das Treppenhaus geht und das Haus verlässt– weshalb man sich nicht liegen lässt, im eigenen Bett oder im fremden, an eigenen oder auch fremden Händen.

Weil das schon andere für dich tun. Weil andere das besser machen.

Sag wo genau.

Sieh nur Dora in ihrem Bett. Umzäunt von fremdem Gestänge, gegen das die eigenen Hände nichts mehr bewirken. Laken, von fremden Händen gezogen, Augen, die nichts mehr zum Öffnen bewegt, ein–

Ein tonloses Bild: ich höre nichts.

–ein Mund, der seine Worte nicht findet, am ehesten noch die verlebten, fremden, *ein Leben, das seine Heimat sucht.*

IX.

Wie viel Heimat kann man haben.

Wie viel Leben:

Erstes, Kindheit. Österreich. Ungarn. Vater, Mutter. Valérie, Tomas, Simon, Marie. Die Schule daheim. Das große Haus, die kleinen Fragen. Bauern. Felder. Zahllose Kinder, *sprecht alle gleich, mint ha egy házból jönnétek.* Ein eigener Raum, und nur für Bücher. Sprachen wie Schwestern: unbedachte Geschenke. Ein ferner Krieg. Ein toter Freund (nicht deiner).

Zweites, Ausbildung. Budapest, Matura. Alexej, Marie, Victor, Lazlo, Leon, Julia. Übersetzerkolleg. *Tolmács.* Wie das Sprechen sich vertieft: aus Verwandten werden Freunde.

Drittes, Paris. Universität. Cécile, Flavien, Ludovic, Suzanne. Anerkennung fürs saubere Sprechen. *Traductrice diplômée.* Freischwimmer durch die Literatur. Bedeutungen, Worte, handhabbare Sätze. Im Dienst des Gedankens: Französisch, Englisch, Ungarisch, Deutsch, *je vous attends dans mon bureau.* Justine. Roland. Jacob, toujours Jacob. *Féodora, ma fée dorée, je t'adore ...* Bleiben wollen, wenn man nur wollte. Françoise, Sereine, Paule et Lucie. Maxime. Clément. Hortense. Monsieur Combe. La Revue du Soir. La guerre du lendemain.

Viertes, London. Das Weite, *your profession.* BBC, was soll das Geld, was gilt's, der Krieg, fängt an mit: Angst. Briefe an die Eltern. Sorge um die Eltern, *Simon és te törődtök vele?* Eine/ seine Stimme: Heinz. Schalldichte Räume. Blickdichte Fenster. Heinz. Die Biegung der Straße vor seiner Tür. Spazierengehen in Coventry. Romain, Andrée, Maxwell, und Heinz. Die Pässe, die Fragen, *so what,* und Heinz. In Augenhöhe das Mikrophon. Das Zimmer, die Hochzeit, das neue Bett. Mr. Sailsborough, Mrs. Kline. Und Heinz. George. Heinz, Heinz, Heinz. Was sorgst du dich, *my dearest love. Me voilà donc femme au foyer.* George, Tessa. Richard und Marcelle. *Mr. Rosenboom, how was your trip.* Hier sind wir sicher, *mais si, Papa.* Wir glauben an nichts, wir haben Glück. *Today's news,* bleibt alles beim Alten. Kleider auftragen, Sprachen einmotten. Kinder erziehen, *remember your duties.* Deine Wahrheit aus der seinen. Flucht vor dem Frieden/ Ende.

Fünftes, Campana. Seine Wahrheit aus deinem Mund, die eine: keine. Eine lange, endlos lange Reise, *welcome Señora, how was your trip.* Das erste Mal, dass sich Worte sträuben. Echte Geräusche, und keiner nimmt auf. *Sicher?* Plantagenleben, entwachsende Kinder. *Su hijo tiene pinta de argentino.* Ein Mann mit unaussprechlichem Namen. Angestellte, Fahrdienste. Buchhaltung. Wer versorgt den Markt. Kinder stützen, Fahrten nützen. Am Ende bleibt: keiner. George versucht die Heimat. Tessa die große Stadt. Richard bleibt, er bleibt der Kleine. Als einziger an seinem Platz, er nicht, allein: den Vater meiden, er nicht, allein: die Mutter bedauern. Die Mutter belangen: George, Tessa. Vaters letzter Brief. *Mon Père, si vous saviez/ mais qu'est-ce que j'en sais/ je n'en sais rien.* Ein sehr krankes Kind, Marcelle muss sterben. Ein sehr altes Leben. In Trauer: Heinz, ihn drückt sein Herz.

An der Schwelle die immer neuen Zettel, wieder und wieder: *Bin in der Stadt. Fahre nach BA. Monatstreffen vorgezogen.* Heinz, noch immer, Heinz, immer fort. *Warte nicht, die Ladung muss raus.* Fremde Stimmen in der Leitung, auch eine Frau, zu selten die Kinder. *Sicher?* Namenlose Bekannte. Aber Sophia: was Freundschaft jenseits der Worte kann, *yo te lo muestro.* Ein Mann verstummt, du hörst es: deiner. Sagst es nicht, und am Ende bleibt: keiner. Halten, du dich. Zu Heinz. Bei ihm. Du, wie allein, und gleichsam verstimmt. Die Hand an der Brust, ein Mann, der stirbt, sagst selbst du: meiner. Bleibst du, bei dir, in deinem Schweigen. Wärst du geblieben, und wie, allein. Wenn nicht.

– ich habe das falsche– Programm gewählt ich habe– das– nicht sehen wollen– diese– Geschichte ohne Ende das– George– wer hat es verstellt– meinen– Blick sag es ist so– süß– die– Kälte der Nacht ist es– schon–Nacht?–

Sechstes, zurück. Wenn man sich selbst aus den Augen verliert, und wiederfindet nach Jahrzehnten. Weil man nicht zurückbleiben will. Im fernen Land/ reifen Körper/ wachen Geist. Ein Sohn, der vergibt. Dir. Kommt dich holen, Ersatz für vier Verschollene: ihr euch, für zwei. Die neue Bleibe gleich dazu. Zwei Zimmer für eine, noch nie bewohnte Räume. Wie alles: ein neues Bemühen um alte Werte. Die Sprachen, wieder, auf deiner Seite; die fließende Zunge, *sicher?* Alte Verwandte neu erfinden. *Sagt man das so, gehört sich das.* Neue Räume, alte Musik. Der

Blick aus dem Fenster. Der Gang in den Park. Das Geräusch der Schritte auf poliertem Parkett, sorgfältig und abgezählt. Das Geräusch der Schritte auf städtischem Pflaster, neugierig und unverfehlt. Der Klang deiner Stimme auf zahllosen Reisen, in altvertraute, fremde Städte. Der Geschmack verstaubter, verwester Bilder: *als ich hier wohnte/ Jahrzehnte her/ über kurz, über lang/ eine alte Geschichte.* Selbstbefragung auf eigenen Spuren, wie fern; Besuch daheim/ im fremden Kopf. Verlebte Gedanken, sich selbst schon zur Geschichte geworden (entfernt). Suchen, besuchen. Freundschaft versuchen. Die Welt ist groß, es gibt Westen und Osten, auf den Süden lässt sich leicht verzichten. Stattdessen Paris, und Budapest. Auch London wieder, mit größerer Mühe. Nur nicht Campana. Bestimmte Wege nicht zurück (dass Namen sich durch Zeiten retten!), und wieder neue, immer wieder. Durchlässige Jahre. Grenzen weichen. Langsam, langsam hebt sich der Vorhang. Räume begehen. Namen sprechen (alte, neue). Gräber besuchen. Viel zu spät auch das der Eltern, viel zu früh das eigene finden. *Nicht doch, George, ich denke nur vor.* George, immer, auch ohne Kinder. Herr Pfahls, Frau Schubert, Henrike und Walter. Monika. Rosalie. Ein freundlicher Herr, *für Sie gerne Fred.* Ein niedliches Mädchen mit Namen Marie, *ein Wirbelwind, wie früher ich.* Kurse besuchen, mitunter auch Herren. *Zählen Sie mit, eins, zwei, drei, vier.* Plötzlich ist von Alter die Rede, *so lebendig wie Sie, Frau Nachbarin!* Das Ende bleibt offen. Was niemand nicht weiß. Nie wieder einer Wahrheit glauben, *wohin geht Ihr Blick? Ich schaue mich um.* Glauben schenken, wenn man kann. Fragen vermeiden, wenn man muss. Ein junger Mensch an helfenden Händen, ein junger Mann hat immer Zeit. Man muss nicht alles beim Namen kennen. Im Fernsehen laufen fremde Geschichten. Man darf sich wünschen, dass etwas gut endet. Fremdes Vergnügen zum eigenen machen, und sämtliche Zeitungen bleiben zu. *Nein George, schweig, ich will es nicht wissen,* das ist das Privileg des Alters. Gelesen wird, was zeitlos bleibt, letztendlich will man es nur sehen. Ein junger Mann kennt alle Wege. Ein junger Mann ist niemandes Enkel. Ein junger Mann wechselt stündlich sein Gesicht, dazwischen die Laken, die schwere Decke. Letztendlich will man es nur sehen. Letztendlich weiß man wenig mehr. Letztendlich will man nichts mehr wissen, und dann, zum Schluss, bleibt eine Fläche, ganz am Ende ein großes Feld, ein heller Schein, so hört man sagen, und dann bleibt dahinter, so heißt es:

Siebentes, jetzt.

Hören Sie mich?

– meinen Schmuck– zählen meine– Jahre– meine– Briefe sagen Sie habe ich denn nicht– geklingelt– es– in meinem Kopf die Ohren wie Sie– wissen sicher– wissen– es ist aber– auch– zu viel das– diese Zeit zuviel– sagen alle es steht– geschrieben selbst– ich– habe ich– davon– genug– am besten noch die frischen– Blumen–

Selbstachtung und Menschenwürde!, so habe ich es aufgeschrieben, mit Ausrufezeichen, gleich neben: Versicherungsnummer (ich soll– das Auto verkaufen), in

Blau, ohne Brille; Bankverbindung in Rot, es ist dringend, es– macht mir Angst (ich habe keine Schulden, ich will diese Briefe nicht bekommen, sehr wohl bin ich– mündig), die Telephonnummer von Frau– dieser freundlichen Frau, ich glaube sie war– wie war gleich Ihr Name– war–

Féodora ...

Selbstachtung und Menschenwürde, ich– hatte nur einen Bleistift zur Hand, doch es– ist wichtig.

Féodora ...

Man hat eine Schokolade nach mir benannt.

– wer ist diese– Frau– auf diesem Bild muss ich– sie– kennen am Telephon– bin– ich mir nicht– sicher kann ich es sehen– hat sie es gesagt haben Sie– das– sicher?– habe ich es vergessen ich– werde– es aufschreiben ich– haben Sie mir das notiert– natürlich bügele ich das selber– ich habe schon– immer ich schmeiße nichts– weg– wie– schön die Blumen– vor dem– Fenster– ich gebe seit Jahren– in den– Kaffee– nur eine kleine– Prise– Salz –

Den Park hat mein Sohn angelegt.
Kommen Sie morgen wieder?

– dass ich aufblühe beim Gedanken Sie– hören sicher die Musik wenn ich– wie– Sie auf Ihren zwei Beinen– ich– komme gerne ich– kann Sie hören– am besten– nehmen wir den Zug und– wie und– ja ich liebe– Brahms und wenn Sie meinen wenn Sie– mögen– eine Handvoll alter– Photos habe ich Ihnen– schon– sagen wir– du–

Sie haben sicher noch andere Kinder.

– fragst du mich nach all– der– Zeit George sitzt du– wieder– an meinem Bett das– ferne– Licht ich möchte jetzt– die– Augen schließen aber– nicht doch– ich höre dich sprechen sag nur– Marcelle– was macht das Fieber frag nur– mein armer– kranker– Kater–

Ich war schon überall zuhause.

– als hätte– man– mir– alte Wurzeln geliehen als– hätte man– mir– einen Ausweg geboten– ich habe– vielleicht– zu viel Glück– gehabt– ich habe vielleicht zuviel– geschwiegen ich– hätte– lieber–

Muss ich schon los?

– wer liebt fragt– nicht– nach– wer liebt– geht– mit– ich wusste nicht– ich wollte nicht– ich habe nicht– nachgefragt er– hat nachgefragt– ohne dass man– es wusste er– Spion er– im Dienst– er– meine Liebe– devot– Despot– er im Kleinen– ja Heinz– entschuldige mich– schuldig– ich– weil ohne Fragen ohne– Frage– schuldig– ich weil ohne Antwort– die Kinder– noch immer– Mutti wie konntest– du– unterstützen dass ein Mensch dein Mann– warum bist du– mitgegangen– mitgelaufen– mitgeflohen nicht– geblieben dich– gestellt stattdessen die Felder– bestellt stattdessen das Land verprellt dem Unrecht– fraglos– den Rücken wie– schuldlos im Rücken maßlos– entgrenzt das– Grauen ach– Europa– die Eltern– dich entzogen– dem Kontinent dich– der Zeit Mutti– fort– in die Enklave– don't cry for– me– die Nazi-Enklave– Nazisklavin– Mutti– du– ach George ach– wenn es so– einfach– wenn du ja– ich weiß du liebst– und fragst zu Recht vielleicht– habe ich– nie wirklich– geliebt–

Féodora, ma fée dorée ...

– der Vater der– fragt– was– tut er was– ist sein Beruf wie passt– das– zu– meiner klugen– Tochter– ich sage er– spricht ich sage– Papa wie du sa voix wie– du er– spricht– Nachrichten er– sendet– Neuigkeiten durch– die alliierte– ja ein Deutscher ja ein Guter er– liebt Worte so– wie du– und ja doch– ja– wir wollen– bleiben zusammen wir– in London wir– beide– meiden– deine Angst aus der– Ferne bist du– einsam– bist du– sicher?– denk nur an die vielen– armen– wir glauben nicht wir hoffen noch doch wie– auch immer– ich komme– von dir und wir– sind sicher– wir sprechen– uns– an–

We should be in time.

– und Jahre später noch immer– ich– früher– zum Vater in der– fremden– Stadt der meine neuen– Wege– betritt mit mir sein Blick ich– sage– ein Mann– frage– meiner– Père il vous– ressemble regarde– Papa– prête-lui ta voix mais ça y est– sagt der– Vater sagt– er spricht wie– ich du sagst es selbst nur– deshalb habt ihr– euch– in Zukunft– behalten sage ich– ja– in einer Zukunft auch meiner deine– liebe– teure Stimme sage ich– ja c'est bon– c'est fait c'est– gut dich bei mir zu haben in seiner Stimme Père– das– mon cher– der wahre Grund–

In Gesellschaft freundlich sein.
Den Jüngeren helfen.
Teilen, wenn es geht, sonst:
verschenken, vergeben, überlassen.
Die Kleidung: bescheiden.
Den Blick in die Augen, höflich gegen alle.
Lesen, immer.
Sehen, immer.
Hören, immer.
Das Essen: gesund.
Vielseitig bleiben.
Vorlieben pflegen.

Politik *ist nichts für dich, Dora, merk dir das, das Land wird von Monarchen gelenkt, lenke du im Kleinen, schau nach vorn, frag nicht nach, nur wenn man dich fragt, nur dann schau zurück.*

Fremde Blicke ertragen.

Klein anfangen.

Verantwortung tragen, im Kleinen.

Gedanken vermitteln, im Kleinen.

Das Schöne pflegen, im Kleinen *kümmere du dich um deinen Bruder, du bist die Große, und jetzt noch die Schwester, der Bruder, die Schwester, und vergiss nie die Schwachen, und was alles wächst, fängt an mit den Kleinen, und dann an deinen Aufgaben, du.*

Beim Essen den Teller des Nachbarn im Blick. *Sind alle satt?*

Aufpassen.

Achten.

Schuhe zubinden, eigene, fremde.

Bücher vorlesen.

Hände halten.

Haare glätten *und fremde Wogen, sieh nur, Dora, dir hören sie zu, wie du so schön die Dinge sagst, sag das noch mal in anderen Worten, und achte auf dich, und achte die anderen, und vergiss nicht, Dora, am besten, nichts.*

In Gesellschaft freundlich sein.

Den Blick in die Augen, höflich gegen alle.

– und immer das– Feld– ich– du nimmst das Kind du– hast– die Hand– in die Sonne gehalten die– Strahlen– durch– und nimmst selbst nimm– deine Finger– der Vater ruft wir– waren nie pünktlich und– deine– weiche– Hand wenn wir wie– früher– immer gingen wir– vergiss nicht den– letzten– wir gingen die Beine zerkratzt von den Stoppeln der– weißt du noch die Jahre– ich– ging du bliebst viel länger ich fuhr und du viel– später mit deinem– Finger auf der– Landkarte das Zentrum die Stadt dahin fragt– dein Blick nein– seiner– auf meinem Knie während das Auto das– Geräusch des alten Motors Benzin– sagte er sie– wissen nicht wie man die rechte– Mischung ich– höre den Lärm noch Jahre– später Kilometer– weiter– und ich– hätte– die Sprache– sonst schneller gelernt ich habe die– Strecke nie wieder verlernt ich– leg deinen Kopf sagtest du nimm– einen Schluck und– der Atem– der Kinder– und du nimmst das Kind du– fährst das letzte Mal– die Kinder– tief– in ihren Träumen nur immer wieder der Große– wach– auf der Rückbank dahinter die– Weite– der– Plantagen und immer deine– Hand– so groß und weich fast wie– vom Vater– fast– wie viel später im fremden Land immer– fremd– doch schau– aus dem Fenster– sagte der Vater– viel früher sagte– atmen– saug ein was du kannst es– ist– erst der Anfang die Welt ist– weit– der Aufgang– durch die Küche hinten der Vater– ja– es ist– nicht– mein Bereich der Vater– lacht der Vater– lauscht die Mutter im Hof lass die Kinder– sagt der Vater Valérie– laissez-la– sagt– der Vater– qu'elle apprenne à– sagt er– ich– hocke unter der Treppe es riecht– nach Fisch ich– weiß– aufgeregt die Hände vor– zeigt– Père– regardez sagt Simon er– ist viel zu klein für– die Küche er weiß– trotzdem– was– Valérie am Tisch er– n'est-ce pas ça embaume– zu Valérie– und ich– halte die Blumen sehe ich– draußen– im Hof wie die Mutter– in der Hocke– hol– das Wasser sage ich zu Simon wie früher– sage ich– zu– ihm– ich kenne das Photo sieh auf– deine

Füße nicht dass du– doch noch– ich weiß es– genau– dass dieses Kleid ich sehe das Mädchen– die Spitzen– flicken– pass auf in den Feldern du bleibst immer– hängen das Mädchen in Weiß ich– weiß die Beine– zerkratzt von den Stoppeln pardon– voyons– und Papa– sagt– jede Sprache eine Einsicht du musst immer– Verben lernen damit– sagt er– fängt man an sagt– du– musst wissen was du tust– einen Namen dafür– haben– die Listen neben meinem– Bett– merke dir– das– wenn du– einmal– groß– wann soll das– sein– die Mutter seufzt die Mutter– lächelt– müde– meine Große fängt früh an die Mutter– sagt– du– bist– seine Tochter– unter dem Bett– das Buch– und wenn du einmal– aber Mama– gleich neben der Treppe– das schwere Buch hinauf– hinunter in den Lastenaufzug einmal nur den Blick– stapelweise meine Tage seitenlang ich weiß– doch– wann das Essen– kommt– vergessen– nun– der Vater lacht– darf ich den Lessing zum Frühstück– essen mais regardez ça chère Valérie– elle n'a pas faim eh bien qu'elle– apprenne– das heiße Pochen der Wangen– dagegen– ich möchte so gerne– echte Gespräche ich– führe an der Hand– der Vater– merkt– die feuchte Hand– sagt jede Sprache eine– Einsicht du– wirst– mir– fehlen sagt der Vater– steht– der Bahnhof im– Regen die Sonne– hinter– die Halle– gerutscht und dort– wo– der Regenbogen– kommst du nicht wieder– der Vater– lacht– und grüß mir die Schönste– Städte Europas die– weite Welt grüß mir am Ende– der– böse Anfang ach– du sagt der Vater– ma fée dorée– Vatertochter ich– sage– nein Papa– ich– werde– kommen du wirst– sehen ich– meine Stimme– bricht– streng– sagt er nur– mais si mon trésor so hell– die Sonne– so nass so– hell wie strahlt– nur das Feld aus tonlosen– Mündern feucht die Finger die– Spitzen– des– Kleides ich– weiß meine Verben ich weiß– alles– was ich tue und– sieh nur Simon wie– so hell– und dann der Vater– zeigt– den Regenbogen und– das schwere– Geräusch– des anfahrenden– Zuges–

X.

Er atmet ruhig. Er ist in sich zusammengefallen, nun liegt er still. Er hat seine Hand noch auf meine Brust schieben können, er hat sich mir zugewandt mit geschlossenen Augen, nun schläft er tief und fest. Lässt seinen Atem gleiten über mein Gesicht, ich kann das Gewicht seines Körpers durch die Matratze hindurch spüren, ich kann mich einwickeln lassen von seiner Wärme. Ich kann es nicht fassen.

Wo bist du jetzt?

Wie er riecht. Kaum dass sich sagen ließe, wo ich aufhöre, wo ich anfange, in ihn überzugehen. Mein Geruch. Wie gut das alles zusammenpasst, dieser Geruch und sein Atem und die Wärme seiner Hand auf meiner Brust. Es dauert noch immer, wie kann das sein. Dass es noch immer dauert, was ist das. Liege hier, diese Hand auf der Brust, und atme still; lasse mir den Atem rauben durch den seinen, ist es zu fassen. Noch atme ich. Noch bin ich da.

Sag nur, wo?
Ich bin Helene.

Ich *(taghell)*:
Dass er schlafen kann dabei. Dass er sich liegen

lassen kann jenseits meines wachen Blickes, und schlafen und vergessen. Dass ich liegen muss neben ihm und die Augen nicht abwenden kann, obwohl ich nichts erkenne, eine Dunkelheit, ein anderer Körper; obwohl ich mir nicht sicher bin, ob er es ist. Was ich wäre, wenn er es nicht wäre, und wo ich bliebe. Wenn plötzlich mein Atem stockte und nichts mehr wäre außer mir, jenseits von mir, kein warmes Lüftchen; wenn ich ihn liegen ließe hier allein, und er wachte nicht auf und begänne ganz langsam, ganz sachte zu frieren.

Schläfst du?
Schläfst du wirklich?

Ich?

Hast doch eben noch gesprochen, eben noch die Worte gesucht, mich angesprochen mit deinen Händen. Hast doch eben noch verlauten lassen (tonlos), dass es ein Wesen geben könnte, das nicht du wärest und nicht ich, etwas, das zwischen uns stünde, ohne uns zu entzweien. Dass du für mich wie– nein: ich, womöglich, für: dich– eben noch, und kannst nun schlafen. Als ich zum ersten Mal (ein solches Wort zu denken!) den Namen des Wesens wusste, ihn auf der Zunge liegen spürte, der meinen, weich und warm und ein wenig pelzig, und ihn abzulegen mich hinüberbeugte an deine Lippen und– Halt. Mich nicht mehr rührte. Was du, nickend, zu deuten wusstest als: ich hätte, vermutlich: verstanden. Als hätte ich wirklich. Als gäbe es das: im Schweigen ein greifbares, widerstandsloses, ein bleibendes, weißt du noch, ein– (der Name, ein Wort)

Und kannst nun schlafen.

Ich sollte es wissen, so, wie du mich täglich von neuem überraschst. Ich sollte mich nicht mehr wundern müssen über deine Art, mich zu verblüffen, ist es doch so gewesen, seit wir uns sehen. Ich bin zu geduldig mit der Fremdheit, ich habe mich lange an sie gewöhnt. Ich fürchte, ich weiß nicht einmal, was ich damit meine, so vertraut, wie ich mit ihr bin.

Und jetzt das. Möchte ich dir ein paar Sätze legen in die warme Kuhle zwischen Hals und Schulter. Möchte ich mich hinüberbeugen und mein Gesicht in dieser Höhle vergraben, deinen Geruch einatmen und deine Wärme, damit ich wieder weiß, dass du ein anderer bist als ich. Dass ich dir Dinge sagen kann, leise abzulegen an dieser weichen, warmen, wohligen Stelle, und ich wüsste sie gut aufgehoben, und könnte glauben, sie würden wahr. Doch wenn ich es täte und du wachtest auf, ich müsste mich fragen, ob ich schon schliefe.

Tatsächlich bist du es, der schläft, mit deiner Hand auf meiner Brust. Tatsächlich rühre ich mich nicht vom Fleck.

Schaue auf die Uhr stattdessen.

Ließe mich gerne die Zeit vergessen.

Kann nicht.

Stattdessen diese Ahnung– Nein. Stattdessen: mit dem Finger meiner linken Hand über die zarte Haut hinter deinem Ohr streichen: nur ein Gedanke (stattdessen:

die linke Hand am linken Arm unter deiner schweren Schulter); als wärest du dort nicht gealtert, als hätte sich die Haut an dieser Stelle, im Schutz der Ohrmuschel, die Zartheit bewahrt, die man an Kinderarmen findet. Wenn sie einen lassen. Sofern sie sich nicht sträuben, sofern sie nicht aufgescheuert, wundgestoßen, unwillig sind oder krank, wie die Kinder, denen ich allzu fest die Arme halten muss, dass sie ruhig bleiben beim Blutabnehmen, beim Umziehen, beim Wechseln der Verbände. Wie spröde die Haut eines Kinderarms unter meinem festen Griff, wie fühllos dann meine Fingerspitzen, sachlich darauf ausgerichtet, die unerwartet kräftigen Gliedmaßen zu bändigen. Habe ich dir von dem Mädchen erzählt? Dieses wütende Kind, nicht bereit, sich den Arm versehren zu lassen, zügellos beim Anblick meiner Spritze; nicht zu halten, dieses Mädchen. Sie schleuderte ihren Körper von der Liege, entzog mir den Arm, in dem bereits die Nadel steckte; dass das Blut in alle Richtungen spritzte, auf mich wie auf sie, in kleinen Tropfen über den Boden und bis hinüber auf meine Brille. Schien nicht zu verstehen, was ich von ihr wollte, die harmlose Prüfung einiger Werte; und wie sollte sie. Ohne Angst vor einem Schmerz, nur diese Wut, dieser untrügliche Sinn für einen– und sei es: gedachten– Verlust– Möglich, dass das ihre Ahnung war, oder, wahrscheinlicher: die meine, die ich dem Mädchen ins hilflose Gesicht legte, deutlich zu sehen durch meinen rot betropften Ausblick, während sie selbst (vorwurfsvoll) dem Blick der Mutter auswich, deren besänftigende Worte neben ihr zu Boden gingen, wirkungslos und unberührt. Dass ich dachte, beim Abwischen meiner Brillengläser: wie fern es mir liegt, das Wesen dieser Kinder. Wie fremd ihre Züge. Sie scheinen mir so ungebrochen, so unantastbar, nah bei sich. So ungleich klarer, denke ich, und: fraglos eins mit ihrer Zeit. Dass ich meine, eine Ahnung zu haben davon, was sie zum Schutz von sich verbergen. (Dass ich denke: ich bin sehr alt.) ((Dass ich mich frage: nennt man das Neid.))

Ich hätte dich gerne als Kind gekannt, ich sähe gern, was du dir erhalten hast durch deine Jahre, sehe ich ab von dieser zarten Haut hinter deinem Ohr.

Ich kann mich nicht erinnern, je bei meinen Brüdern, früher–

Habe ich den Jungen erwähnt?

Habe ich dir einmal erzählt von diesem Jungen, den ich beobachten kann, in aller Ruhe, seit einer Weile? Ich meine keinen meiner Patienten, du weißt, dass ich jede Beziehung vermeide; ich meine den einen, den ich sehen kann, wenn ich aus dem Krankenhaus komme, wenn es Nachmittag ist und noch nicht dunkel, wenn er zurück ist aus der Schule und mit den Hausaufgaben fertig. Dann kann ich ihn schon von weitem sehen, wenn ich auf das Haus zugehe, manchmal hinter seinem Fenster, meistens aber auf dem Hof; kann aus der Ferne sehen, wie er sich zu schaffen macht, wie er, still auf den Betonplatten neben den Mülltonnen hockend, Anordnungen ausprobiert und Fundstücke zusammenschiebt (Hölzer und Korken und Plastikteile, verbogene Drähte, farbige Scherben). Er steckt sie zwischen die Ritzen der Platten, er baut eine formlose Landschaft daraus; das jedenfalls ist es, was ich vermute: weil er ein Gelände bestückt, eine weite

Fläche im Miniaturformat, groß genug, dass Playmobilfiguren darin spazierengehen und Spielzeugautos sie befahren. So hockt er dann im Hinterhof, das Fenster seines Zimmers immer wieder in Augenschein nehmend, von außen der Blick hinein; so ist es manchmal, so sehe ich ihn, manchmal allein, dann in Begleitung, denn manchmal auch sind sie zu zweit, dann sehe ich ihn seiner Tätigkeit mit weniger Muße nachgehen, mit noch größerer Genauigkeit. Ein Mädchen ist dann in seiner Nähe (ein Nachbarskind aus dem anderen Block), und dann ist es nicht immer er, der neben den Mülltonnen am Boden hockt, dann ist es sie, derweil er in seinem Zimmer, am geöffneten Fenster zu sehen ist, ein Fernglas in der Hand, hin und wieder zu ihr hinunterrufend, Fragen, Antworten, Anweisungen: einen Gegenstand weiter zu verschieben, eine Kleinigkeit hinzuzufügen. Und dann gibt es die Momente, in denen sie nicht mehr sprechen, in denen er stumm hinter dem verschlossenen Fenster bleibt, das Fernglas mit beiden Händen haltend, während sie mit ausgestrecktem Arm eine der Figuren durch ihre Landschaft führt, mit den Autos die Küstenstraße entlang, bemüht, ihren Körper aus dem Bild zu halten. Bis sie die Figuren (langsam) an den Rand der Landschaft wandern lässt, das Auto hinter den Hügel fährt, woraufhin sie innehält und sich dem Fenster, dem Jungen zuwendet, und nickt, ehe sie dann, stehend inzwischen, zum sich öffnenden Fenster ruft, nun würden sie wechseln. Jetzt ich, sagt sie bestimmt, und er nickt zurück und schließt das Fenster, erscheint kurz darauf an der Tür, sodass sie hineintreten kann ins Treppenhaus und er hinaustritt in den Hof, bis man nun sie hinter der Scheibe erkennt, während er schon beschäftigt ist, die Anordnung der Landschaft mit gezielten Griffen zu verändern, als habe er bereits lange über ein neues Bild nachgedacht.

Ich denke in Bildern, hast du gesagt. Vielleicht hast du recht, doch du schläfst. Vielleicht schlafe auch ich, doch ich fürchte: nein. Ich sehe auf die Uhr stattdessen und fürchte- mich.

Dass einer fortgeht in den Krieg und wiederkommt als ein anderer Mensch, und doch als gleicher noch immer liebt, als sei in den Jahren nichts geschehen: auch ein Bild. Dass einer, um Jahre gealtert in kurzer Zeit, in seinem Körper ein lebender Schatten, sich den Kopf am Leben hält mit Gedanken an sie, und wirklich zurückkommt mit dem, was von ihm übrig ist, und sie tatsächlich findet, und weiter mit ihr leben will, wie sie mit ihm, obwohl sie doch genau so gezeichnet ist und zu tragen hat an all dem Elend, genau so leicht die Haut an den Knochen, genau so schwer das Leben zu meistern. Doch so sei es gewesen in anderen Zeiten, man hat es mir erzählt. Genauer: er, der alte Adam. Ein weiteres Bild, das ich beobachten kann. Ein sehr lebendiger, alter Mensch. Manchmal sitzen wir auf einer Bank, ich mit der Zeitung, er mit der immergleichen, mürbe gewordenen Plastiktüte, deren Aufdruck vom unzähligen Zusammenfalten (vom immer neuen Füllen und Leeren) kaum mehr zu entziffern ist, dass ich mich frage, wann er sie wohl ersetzen wird, diese schäbige Tüte an seiner aufgeräumten

Hand. Doch seit ich ihn kenne, ist es immer dieselbe Tüte, in der er das Brot für die Vögel sammelt, mit der er den Weg zurücklegt vom Haus bis zum Park. Dass einer sitzt und Vögel füttert, ich dachte, auch das sei ein Bild, doch er tut es wirklich: selten genug, es mich vergessen zu lassen; häufig genug, es mir ins Gedächtnis zu rufen. Dieses Bild. Und erzählt mir, warum er die Vögel mag: Es ließe sich gut mit ihnen sprechen, sie schauten einen an, sagt er, sie weichen seinem Blick nicht aus, da seien sie besser als mancher Mensch. Wärest du wach, du würdest lachen. Wie ich (leise!), als ich seinem Blick folgte, um mir die Tauben aufmerksam anzusehen, um wieder nichts zu entdecken dabei, keine Regung, nichts, nur stumpfe Augen und dümmliche Körper, wie sie sich ungeschickt um seine Brotkrumen streiten, dass man kaum ahnen kann, ob ihre Augen etwas fassen, und schwören möchte: sie begreifen nichts. Er aber schwört, sie schauten ihn an, sie hörten seinen Worten zu; sie hören gut, sagt er, Vögel hören besser als Hunde. Und spricht von seinem Kanarienvogel, den er sommers hinausstellt auf seinen Balkon, im Käfig natürlich, doch an die Luft; denken Sie nur, das Gelb, das strahlt im Winter, sagt er, das ist gut, wenn es grau wird vor dem Fenster. Dass er das von seiner Frau habe, die Liebe zu den Vögeln, er habe ihr einen geschenkt, als ihr auch das zweite Bein abgenommen werden musste, damit sie in Gesellschaft war, wenn er das Haus verließ. Wir hatten diesen Garten, sagt er, da waren wir besonders gern. Ich habe das Obst gepflückt, sie hat es verkocht, ich kann Ihnen sagen, ihr Kirschkuchen, unschlagbar, und erst das Birnenkompott, ein Gedicht. Dass er vieles von seiner Frau habe, auch der Vogel sei ihm von ihr geblieben, die Idee, sagt er, geblieben in den Jahren; nun sei sie schon so lange tot, da sei es gut, in Gesellschaft zu sein, und so ein Vogel verstünde viel, er höre ihm zu, sogar nachts, wenn er, Adam, nicht schlafen kann. Und dass er ihm langsam das Sprechen beibringe, er sei lange genug Lehrer gewesen, so etwas verlerne man nicht. Das erzählte er mir, neulich auf dieser Bank im Park, plötzlich so redselig, beinahe gespannt; und wird sicher (so, wie er die Vögel beobachtet) gesehen haben, wie ich mein Schmunzeln zu verbergen versuchte, und ebenso leise (verlegen, für mich) der Gedanke: ein sprechender Kanarienvogel, zwei Leben allein in ihrer Stille, und: kein Wunder, die Zeit, der alte Mann; natürlich hat er es gesehen, warum sonst hätte er von Beweisen gesprochen. Dass er den Vogel mitbringen könnte, im Käfig sei er gut zu tragen, noch sei es dazu nicht zu kalt, er würde es mir zu hören geben: das Sprechen seines verständigen Tiers. Und so ist es gekommen, tags darauf schon sah ich ihn, sitzend bereits auf derselben Bank, kam ich mit meiner Zeitung hinzu, saß er bereits mit seinem Käfig, darin das leuchtende Gelb des Vogels, leuchtend dazu sein freudiger Blick. Das ist Hansi, sagte er, und Hansi kann sprechen. Und wandte sich dem Vogel zu, der (unverdrossen) von einer Stange auf die nächste sprang, schau, Hansi, sagte er, das ist Helene, Helene ist eine liebe Frau, hör nur ihre Stimme, sie erinnert mich; und jetzt sei höflich, Hansi, sagte er, jetzt sprich zu ihr und sag mal *lieb*. Und der Vogel, weiter durch den Käfig hüpfend, hörte nicht zu zwitschern auf, blieb unablässig in Bewegung, scharrte im Sand und gab Laute von sich; sodass der alte Adam plötzlich ausrief: nicht wahr, das haben Sie sicher gehört, da war es wieder, das war für Sie, jetzt hat der Hansi *lieb* gesagt. So sei er, der Hansi, er verstünde genau. Und wartete nicht auf meine Antwort, griff zufrieden in seine Tüte stattdessen, und zog eines der trockenen Brote heraus, um es sorgfältig in den Käfig zu bröseln.

Er hat Kinder, aber er spricht nicht von ihnen. Er hat einen Sohn und zwei Töchter, er hat Enkel, doch er spricht nicht gut von ihnen, er sagt, sie verstünden ihn nicht, er sagt, sie machten sich falsche Gedanken. Darüber, was ihm gut täte, was er lassen sollte, was das Alter mit ihm macht. Es macht mich klüger, sagt er zu mir, nur was nützt es mir, wenn ich es den Kindern nicht erklären kann. Ich verstehe mich besser, erklärt er mir, aber es hilft mir nicht, mich verständlich zu machen, verstehen Sie das? Und dann erzählt er mir von seiner Frau, die ihn verstand, und von Zeiten, in denen er anders dachte, sich keine Gedanken machte über das, was sich begreifen lässt, und die Grenzen dessen, was man sagt. Ob man diese pflegen muss, oder ob es diese einfach gibt. Ob man mutig darüber hinwegbalanciert. Früher habe ich selten gesprochen, sagt er dann, früher gab es zu viel zu tun. Jetzt sei das anders, es sei ihm ein Bedürfnis, den Mund zu öffnen, er müsse laut in Worte fassen, was ihn bewege (synchron: die Lippen, Hände, Füße), eine brauchbare Art, sich zu vergewissern. Hört mich ja keiner, sagt er dann, stört ja nicht, oder stör ich Sie, nachts? Ich habe für einen Moment gezögert (allein der Gedanke, ihn zu hören, durch die drei Stockwerke hindurch: sitzend zum Beispiel am Küchentisch, ein Raunen durch die Fliesen, am Boden; beim Einschalten des Radios; beim Öffnen eines Wasserhahns; durch den Lüftungsschacht, durch ein Heizungsrohr, durch eine der Steckdosen an der Wand; oder liegend, im Bett, durch meine Matratze, wenn auch ich (wie er) nicht schlafen kann).

Ich denke diese Dinge und zweifle an ihrer Gültigkeit. Wenn du wüsstest, doch du schläfst. Es blinkt diese Stunde zum wiederholten Mal. Ich schaue auf die Leuchtanzeige meines Weckers, und denke an dieses kleine Wesen; ich denke: man hat es mir nur geliehen, eine Frage der Zeit, bis ich es verrate. Die Sorge, es aus den Augen zu lassen (es bereits verraten zu haben), es zu verlieren, sobald es Einzug hält in meinen Kopf, sich auszuwachsen zu einem Gedanken, benennbar, beschreibbar, in verständlichen Worten. Was bereits geschehen ist, was–

Was sich verschiebt. Dein Fuß, im Schlaf. Meinungen, Blicke, am laufenden Band. Untiefe Gründe. Zum Beispiel: der Zwischenraum, der mich von dir trennt. Bin ich dir womöglich zu nahe gekommen? Dass ich dich ansehen kann und nicht mehr finde, was mich störte. Eine Unschärfe, neuerlich, selbst durch die Brille. Und sehe doch vieles, nach wie vor. Sogar dahinter, will mir scheinen. Dass mir auffällt, was mir gefällt, während ich zunehmend suchen muss, was mir nicht einleuchten will an dir. Das war nicht immer so. Das hat sich verschoben, seit ich dich ausführlich betrachten kann, etwas verschwommen vor meinen Augen (zusammengezogen, wieder ein Bild): durchschaust du mich? Es kostet mich Mühe, es dir zu erklären, so seltsam klingt es, befremdlich und klein, und doch: In Gedanken bleibt es zum Greifen nahe, was mir auffiel, am Anfang, den Abstand füllte. Die Art, wie du deine Tasse hältst, morgens, und den Kaffee trinkst in zögerlichen, müden Schlucken, ein etwas zu großes, zu schweres Geräusch. Manchmal ein Blick, wenn du nicht verstehst. Die Form deiner Fingernägel. Ein bestimmtes Hemd. Manchmal ein Witz, der mir nicht behagt. Wenn sich deine Stimme sträubt. Diese kleine Falte links deines Mundes. Oder: deine Art zu beschreiben, was dich nicht berührt. Vermeintlich. Weshalb du dich schämst (wenn du dich nicht schämst). Ein bestimmtes Buch, das ich bei dir sah. Ein bestimmtes Kleidungsstück, das du gerne siehst. Ein bestimmtes Photo an deiner Wand, du mit Geschwistern, dahinter ein Feld. Verständlich. Erklärlich. Gefällig? Dieses: Abstandhalter allesamt, dass ich lange genug sehr richtig dachte: ein fremder Mensch, ein fremdes Leben; ein Geschmack, eine Neigung, ein gewachsener Weg, natürlich fest unter deinen Schritten. Nicht, dass es nun der meine wäre: dein ferner Grund (nicht, dass ich nicht den Ausblick genösse auf diese unsichtbare Haut, die zweifellos mich von allem trennt), und zum Glück, denke ich, beinahe erleichtert, ich müsste mich sorgen sonst, um mich, als hätte ich selbst an Bedeutung verloren (als gäbe es künftig nichts mehr zu bedenken). Allein: es sorgt mich nicht, nicht wirklich, nicht weiter. Es gibt diese alte, liebe Grenze, nur vergesse ich plötzlich, mich an ihr zu stoßen, ich verzichte darauf, sie weiter zu pflegen, ich balanciere mutig darüber hinweg, und es kostet mich wenig, am wenigsten: Mühe. Ich brauche keine Erleichterung mehr, und selbst das Wort: Mut denkt sich traulich und warm. Und wie sich das verschoben hat, fast möchte ich meinen: es fehlt mir an nichts.

Aber dir? Ein leichtes Zucken deines Mundes, als frörest du, sag, fehlt dir was? Ein Wesen, das–

All diese Gedanken. Fortgewischt in einem halben Jahr, wenn man uns diese Stunde nimmt. Wird sich das Wesen verabschieden müssen, wird einer kommen, das Pfand zu fordern. Wird sich aufrichten an unserer Schwelle (meinem Kopf) und zurückverlangen, was niemals meines war. Was ich bis jetzt nie in Anspruch nahm (was ich erst neuerlich, ich sagte es schon)– Du denkst in Bildern, sagst du wieder, selbst deine Furcht ist das Bild ihrer selbst. Furcht, frage ich, ich nenne es Angst. Angst vor deinem wachen Blick. Dass Angst ein Wort sei, das ich gar nicht kenne, und dass sie folglich nicht existiert: das hatte ich bis jetzt geglaubt, bis du gefragt hast: Wie nennst du es dann. Du fragst: warum?, und schläfst, tief und fest. Was sorgst du dich, schlaf ein, jetzt, und schlaf. Durchschaust mich durch deine verschlossenen Lider, wirfst einen dunklen Blick auf mich, sag mir nur schnell, sag, glaubst du mir? Du atmest doch. Ich wüsste so gerne. Sei unbesorgt, denkst du, und: schlaf; glaub dir, gib nach, halt ein, und schlaf.

Aber nein.

Ich glaube deiner Hand auf meiner Brust. Ich schließe meine Augen und warte, was geschieht. Ich glaube nicht, dass ich schlafen kann. Glaubte ich mir, ich müsste verzweifeln.

XI.

Sagt Philipp (im Traum):

/

/ Ich bin allein/

/ Die Sonne ist hell/

/ Ich habe die Schuhe mit den roten Streifen an. Ich sehe auf meine Füße hinunter und zähle die Streifen. Ich vergleiche, ob es gleich viele sind, am linken und am rechten Schuh. Ich zähle: eins, zwei, drei, vier. Das ist der rechte Schuh. Und links, ich muss sehen, ob links/

/ Aber da kommt Lars. Lars stört mich beim Zählen. Lars sagt: Schnecke. Lars ist nicht allein, er spricht mit den Stimmen der anderen. Ich halte mir die Ohren zu. Die anderen schweigen, aber ich kann sie alle sehen. Ich kann zählen: eins, zwei, drei, vier. Lars und Christoph und Fabio und Kim, nur Kim erkenne ich nicht, aber ich weiß, dass er es ist, er hat dasselbe Grinsen. Alle vier haben sich mir in den Weg gestellt. Sie stehen fast auf meinen Füßen, aber sprechen tut nur Lars, Lars hat den größten Mund. Ich schaue von meinen Schuhen auf in sein Gesicht. Sein Gesicht hat rote Streifen, Lars öffnet den Mund, doch ich kann ihn nicht hören, jetzt höre ich gar nichts mehr. Lars spricht nicht mit mir, Lars gähnt. Jetzt müssen wir schlafen, sagt Lars, jetzt zähle ich, sagt er, und geht in das/

/ Haus. Das Haus steht direkt vor meinen Füßen, doch ich kann es nicht erreichen; ich ziehe die Schuhe aus, doch ich komme nicht vom Fleck. Ich bin nicht müde, ich bin nur erschöpft, sie haben mir etwas an die Füße gemacht, dass sie so schwer sind, die Schuhe sind es nicht/

/ Kim kommt vorbei, er trägt einen Mantel. Komm, sagt er, gleich wird es schneien, doch ich kann nicht, ich bleibe stehen, ich habe keine Angst. Kim rollt den Weg zusammen, der Weg ist ein Teppich, ich mag die Farbe. Kim legt sich auf den Teppich, der Teppich rollt sich über ihm zusammen, Kim schreit. Ich helfe ihm nicht/

/ Ich suche meinen Ranzen. Ich habe versprochen, an alles zu denken, ich zähle: die Straße, eins, der Ranzen, zwei, das Haus, drei. Aber das Haus ist nicht mehr da. Ich drehe mich um, da steht Marie. Ich zähle, vier, ich bin erleichtert. Marie hat mein/

/ Fernglas in der Hand, sie reicht es mir, sie sagt: Ich komme mit, doch auch sie bleibt stehen, wie ich, sie schaut mit dem Fernglas meine Schuhe an. Du zählst immer falsch, sagt sie, deshalb dauert es so lange, und keiner merkt es. Doch, sage ich, du, und Marie lacht, ich weiß nicht, ob ich auch lachen soll, ich kann sie nicht mehr sehen, sie ist längst weg/

/ Über der Schule stehen Wolken. Jemand sagt: Zähle die Wolken. Ich höre Marie, sie ruft mir zu: Die rechte Wolke ist von mir. Ich sehe mich um, ich will Maries Wolke sehen, ich kann sehen, eine der Wolken sieht aus wie sie. Vier. Gleich wird es regnen, denke ich, und ziehe den Pullover aus, damit er nicht nass wird. Ich suche einen Baum, unter den ich mich stellen kann, aber die Bäume sind nicht da. Die Bushaltestelle hat kein Dach, der Bus steht an der Straße, aber der Fahrer ist längst gegangen. Das ist normal, denke ich, es ist Nacht, er muss schlafen. Der Busfahrer liegt in seinem Bus und schläft. Er hat sich in den Gang gelegt und schnarcht. Gut, dass keiner einsteigt, denke ich, dann muss keiner über ihn hinwegsteigen. Ich kenne den Bus, der Gang ist schmal, ich weiß, dass Lars ihn allein versperren kann/

/ Mama tritt ins Licht, dein Brot, sagt sie, und: Iss alles auf. Ich wickle das Brot aus dem Papier, aber das Papier ist leer. Das ist gut, ich kann es zum Schreiben benutzen, ich habe noch nicht Hausaufgaben gemacht. Du warst doch gar nicht da, sagt Lars, du/

/ musst dich erst in den Teppich legen, du musst erst gucken, ob alles stimmt. Ich zähle: dort liegen die Teppiche am Boden, ich zähle eins, zwei, drei, vier, ich weiß nicht, welchen Teppich ich wählen soll. Ich sehe Fabio mit meinem Ranzen in der Hand, er grinst böse, ich weiß, er wird ihn aus dem Fenster werfen, wenn ich zu langsam bin. Ich schaue suchend nach oben und sehe Marie auf ihrem Balkon, sie schaukelt, sie hat keine Angst, herunterzufallen. Ich habe die Autos gerettet, sagt sie, jetzt komm. Ich setze zu einem Sprung an, sie ist gar nicht so hoch, ich kann mich einfach zu ihr setzen/

/ Ich stehe in der Wohnung, in der die Eltern früher gewohnt haben. Mama mit dem Weinglas in der Hand, Papa prostet ihr zu. Ich bin in das Photo gestiegen, dass über dem Esstisch hängt, jetzt bin ich drin und kann mich durch die Zimmer bewegen. Die Wohnung ist noch größer, als wenn Mama davon erzählt. Papa zeigt mir ein Zimmer, das ist deines, sagt er, gefällt es dir. Es ist zu groß. Ich gehe ans Fenster und kann nichts sehen. Das Fenster, sage ich zu Papa, was habt ihr gemacht. Aber Papa ist schon gegangen, ich höre die Tür ins Schloss fallen. Ich will das Licht anmachen, doch die Schalter sind weg. Wo ist das Licht, rufe ich. Mama lacht. Da, sagt sie, und macht die Tür auf. Hinter der Tür steht mein Ranzen, sie greift in das große Fach und holt das Heft heraus. Fang an, sagt sie, du musst dich beeilen. Ich sitze am Tisch, ich habe keinen Füller. Dann sehe ich nichts mehr. Dann ist das große Zimmer weg. Dann fühlt es sich an, als schliefe ich. Meine Augen brennen, ich reiße sie auf/

/ Da ist dieser Mann. Es ist der Nachbar von oben, er geht schnell, er muss sich auch beeilen. Es ist Morgen, ich bin zu spät, ich versuche, nicht zu laufen, damit er es nicht merkt. Ich höre seine Schritte in meinem Rücken, ich gucke, wo ich mich verstecken kann. Wir gehen gemeinsam über die Straße und ich hocke mich hinter ein parkendes Auto. Dann stehe ich auf und denke, er ist weg, doch er geht noch immer hinter mir, diesmal weiß ich, dass er mich verfolgt. An der Straße stehen keine Autos mehr, die Baumstämme sind alle zu schmal. Die Häuser sind nur Fenster. Ich laufe los bis an die Ecke, es ist schwierig, die Luft ist wie Wasser. Ich kann hören, dass er etwas ruft. Bei den Schrebergärten biege ich ein, hier bin ich sicher, obwohl die Gärten weg sind. Es ist ein Feld, ich kann Strommasten erkennen. Jetzt steht die Sonne hoch. Ich laufe über die Stoppeln. Ich bin müde und will mich setzen, ich trete an einen der Masten heran, dort gibt es Schatten. Doch es ist kein Strommast, es ist der Mann, er ist sehr groß und steht an verschiedenen Stellen über das Stoppelfeld verstreut, er schaut mich an und sagt etwas, er schreit, doch ich kann es nicht verstehen. Ich renne/

/

/

XII.

Wie kann ich etwas sehen, das sich bewegt, und bleiben. Wie kann ich Jahr für Jahr mich erinnern lassen und nichts verändern. Dass ich hier stehe und nicht mehr weiß, welcher Tag es ist. Welche Nacht, Jahresnacht. Auf diesem Balkon, dem meinen, die Hände in die Brüstung gekrallt. Meine Hände, losgelöst. Meine Füße, nutzlos und taub. Zum wievielten Mal nur den Blick hinab, die flüchtigen Autos, die starren Beine. Auch das ist es: Bequemlichkeit. Was ich da tue. Wenn ich das bin. Bin ich? Mir ist kalt.

Das bist nicht du. Bist längst woanders. Träumst nicht und wachst nicht, nach wie vor. Hörst doch alles, wie ich sehe. Bleibt nur, dir langsam die Augen zu öffnen, dass auch du endlich siehst, was–

Was du alles weißt!

–was du nicht erzählst. Dich zu erinnern, was du alles sagst.

Von wegen, die Nacht. Seit Jahren schon den Mund verschlossen–

Richtig, er, auf seinem Balkon. Doch was sagst du?

Ich sage: wir.

Ich weiß, das tust du schon zu lange.

Ich sage weiter: wir hatten beschlossen.

Auch das: ein Grund, hinauszuschauen. Und jetzt, was bleibt?

Bleibt Karl.

Wie genau?

Genau wie wir. Wir hatten gesagt: ein Mann, stehend, auf seinem Balkon, gesehen: dunkel die Zimmer in seinem Rücken. Wir sehen: den Schauer über seiner Haut. Die Reglosigkeit, mit der er sich stehen lässt, trotz der Kälte (es ist Herbst), dazu die Tür in seinem Rücken weit und offen; sich hemdsärmelig festhält an dieser Brüstung und hinabschaut dabei auf die Füße des Hauses. Sieht aus seinen mittelalten Augen auf sich herab, und ich lege ihm noch eine Falte ins Gesicht, zwischen die Brauen, des Alters wegen und durchwachter Nächte. Ich stelle mir vor: diesen Karl auf seinem Balkon, wie er dort steht, wie schon so lange, und sich besinnt auf Zeiten, in denen er nicht stand, sondern ging. Ich schaue mir sein Gesicht an, dazu die vorgebeugten Schultern, und bilde mir ein, ihn im Anzug zu sehen, im Dreiteiler, in Blau zum Beispiel, dazu die Mütze auf dem Kopf, rot abgesetzte Krempen, die hellen Knöpfe, stumpf mit der Zeit. Wie er in diesem Aufzug durch die Gänge geht, die immer gleichen Meter hinauf und hinunter, und dabei immer am anderen Ort. Zu warm dieser Anzug, immer zu warm: weil es den Lüftungen nie gelingt, den Strom an verbrauchter Luft auszutauschen; weil die Fenster nicht mehr zu öffnen sind, jedes Abteil aufgeheizt von beengten Menschen, die den Schlaf auf schmalen Liegen suchen, im Widerstand still gegen das Ruckeln, das Raunen, das Schieben, das Schnarchen, gegen das falbe Licht, das durch jede Nacht seinen Weg findet in die Fenster des Zuges, der Abteile hinein. Diese luftleeren Räume im beleuchteten Zwischenstand: Als sei in den Zügen immer August, flacher Atem vor spätem Abend, wo bleibt das Gewitter, wohin fließt der Strom, es pulsiert auf den Gleisen von Nord nach Süd, es schießt wie Blut durch die Adern des Landes–

Wie genau?!

Als sei die Nacht zum Schlafen da. Als ließe sich– Doch was nützt es zu sehen, was man gar nicht weiß. Wir sehen Karl auf seinem Balkon, wir sehen nicht, seit wann er dort steht, frierend wohl; wir wissen nichts, wir fragen uns nur, ob–

Doch was nützt es zu glauben, was du gar nicht siehst? Du solltest eine Geschichte legen in sein Gesicht.

Karl *(zitternd)*:

Keine Jacke holen, keine Wärme. Fehlt mir noch. Besser frieren, den Schauer über meiner Haut, eine Regung, unbequem, ein leises Zittern, da bin ich ja. Allein diese Luft, wie frisch, wie gut. Es ist wahrscheinlich, dass ich das bin: meine Hände, mein Ausblick, ich spüre die Fläche, die mich von alledem trennt. Meine Haut. In der Ferne, diese Lichter; blicke ich vom Balkon und erkenne meine Stadt nicht wieder. Wie jede Nacht, diese Fremdheit. Hier. Ich wiederhole mich: hier, ich bete es mir vor an jedem frühen Morgen, da bist du ja, sage ich, da bist du ja noch immer. Gut, sage ich, gut machst du das, dein Hiersein. Glückwunsch. Aber es hilft nichts, ich glaube mir nicht. Denke stattdessen, immer wieder: meine Stadt, meine eigene Form der Bequemlichkeit. Die ich verachte. Die mich nicht unterscheidet von den anderen in ihren

Häusern, gemütlich sitzend am Tisch, im Sessel, sittsam schweigend vor Fernsehern, Frauen; oder wunschlos bewegt, verschwiegen hinter einem Steuer, gemütlich durch ihr bequemes Leben fahrend. Kein Unterschied zu mir, der ich reglos stehen bleibe in diesem, meinem, Hiersein, in dieser, meiner, fremden Stadt; die Reglosigkeit ist dieselbe, Abend für Abend, Jahr um Jahr. Ein verräumlichtes Schweigen. Ein verschwiegenes Leben, belanglos alternd und täglich stumpfer. Hier ist auch nur ein Ort, der begehbar bleibt, mein Fußweg, meine Straße; ein Pflastersteinwurf vom Bahnhof entfernt. Bleibt täglich liegen vor meinen Füßen, dass ich darüber stolpern müsste, wenn ich nur Anstoß nehmen könnte an einer kleinen Winzigkeit. Doch so ist es eben nicht. Vielmehr ist es so, dass mir nichts mehr verborgen ist; überschaubar dieses Pflaster, eingegipst die müden Augen, auf ewig verbunden der taube Sinn. Tausendfach schon diese Wege benutzt, längst eingegraben in diese Straßen, mit den Fingerspitzen die Falten entlang. Mein altes Gesicht, ein Gesicht dieser Stadt, wenn man es doch nur sehen könnte. Ich wiederhole mich. Jeder Gang bringt es deutlich zu Tage, ich schaue mich um und sehe nichts mehr. Halte ich mich fest an diesem Ort, der mich nicht sieht, weil es ein Ort ist, an den ich mich halten kann. Wenn schon nicht an ein Leben, das mich an eine Stadt bindet, an eine Frau, der ich verbunden bin, wie ich es war, und bleiben muss, allein im Kopf, dort, wo das alte Pflaster ihrer Stadt meine Wunden verklebt und Antwort gibt auf verjährte Fragen. Diese Stadt aber, diese einzig meine, meinen Ausblick ohne Tiefe, Gesicht meiner Gänge, Fassade meiner hohlen

Tage; dieses einzige Hiersein in Frage zu stellen, das hieße: mich. Das wäre ein bisschen viel. Das wäre ein ganz kleines bisschen zu viel für mich allein. Für das, was von mir übrigbleibt, wenn ich zurückkomme, Abend für Abend, Jahr um Jahr, mich festzuhalten an meiner Brüstung, im Atmen beengt. Ein bisschen wenig. Ein bisschen zu viel.

Na los, Karl: erzähl deine Geschichte.

Erzählen, als gäb es eine Handlung. Als hätte ich etwas erlebt.

Du bist alt genug, da gibt es etwas zu erzählen. Sag, was sehen wir nicht.

Zum Beispiel: Wie ich mich selbst stehen sehe jetzt, auf diesem Balkon, dem meinen seit ungezählten Jahren: es ist keine Handlung, doch es lässt sich beschreiben. Als säße ich im gegenüberliegenden Gebäude am Fenster, das Zimmer unbeleuchtet, am Schreibtisch zum Beispiel, den Blick hinausgerichtet in die Dunkelheit, auf den Balkon des gegenüberliegenden Gebäudes, und sähe dort einen Mann stehen auf seinem Balkon in tiefster Nacht, und fragte mich: ob der nicht friert. Ein Mann Anfang Fünfzig, den man am frühen Morgen das Haus verlassen sehen kann, immer in Eile und immer verspätet, in der Frühe sein gewöhnliches Auto suchend, wo es nur heute wieder steht, und müde aussieht auf seinem Weg. Dieser verlebte Mann, ich, verlässt täglich von neuem seine alte Wohnung, in der er nun einmal geblieben ist, mehr aus Zufall und schon vor zahllosen Jahren, nachdem er bereits in dieser Stadt geboren und aufgewachsen war. Dieser Mann, ich, der weiterhin wohnt in diesen zwei

Zimmern, sich täglich von neuem abarbeitet an seiner immer gleichen Stadt, der fährt morgens zum Bahnhof und kommt nie weiter, kommt nur wieder in seinen Anzug, an seinen Platz hinter dem Schalter, lässt täglich andere Menschen fahren, nie mehr als seine Finger: über Pläne, Tasten, Bildschirme, und rührt sich seit Jahren nicht mehr vom Fleck. Dieser Mann wird bezahlt für sein Bleiben und weiß mit dem Geld nichts anzufangen, die Wohnung, die alte, kostet ihn wenig, das Leben, das alte, will sich beim besten Willen nicht ausbezahlen lassen, es will abgesessen werden, ausgestanden, das, denkt das Leben, sei der Mann ihm schuldig nach all der Fahrerei. Weshalb er, dieser Mann, der sich Karl nennen lässt von seinen Kollegen, Schalternachbarn, Begegnungen, das nutzlose Geld am Tresen liegen lässt, allabendlich dieselben paar Schritte aus dem Bahnhofsgebäude hinausgeht und gleich wieder hinein in die Kneipe an der Ecke, ein schmaler Ort mit verrauchten Wänden, lächerlichen Wimpeln und einem verblüffend langen Stück Bar darin, verblüffend leer, »Zweite Heimat« steht über dem Eingang, und es versetzt ihm keinen Stich mehr, wenn er die klebrige Tür aufdrückt und den rostbraunen Filzvorhang beiseite schiebt, um sich in seine schmale Ecke zu stellen, weil er, dieser Mann, sich die Zumutung der zweiten Heimat allabendlich die Kehle hinunterrinnen lässt, scharf und fad zugleich, bereitwillig dieselben Gesten hinter dem Tresen begrüßend, dieselben Wortfetzen streuend, dasselbe Lachen im Mund behaltend, dasselbe geheimnislose Schweigen, ehe er, dieser Mann, ehe ich diesen unheimlichen Ort wieder eintauschen gehe gegen das, was ich mir als erste Heimat untergeschoben habe nach all den Jahren, unter der Leuchtanzeige hindurch und hinaus, hinüber zum Auto, um die kurze Strecke dennoch zu fahren, systematisch, dem Alkohol in den Adern zum Trotz, fühllos, warm, als gäbe es hier etwas zu erfahren, eine Strecke, als sei es nicht der Inbegriff der Trostlosigkeit, einen sinnlos kurzen Weg mit dem Auto zurückzulegen, als hätte ich noch immer eine Hoffnung, diese wenigen Minuten Fahrzeit kurzerhand in ein Risiko zu verwandeln, diese auswendig zu fahrenden Meter in einem Unfall enden zu sehen, beispielsweise des Alkohols, der Nacht, der fehlenden Heimat wegen, als läge das Ende nicht schon seit Jahren hinter mir, »Le Terminus«, der hoffnungsfrohe Anfang, vor Jahren verlassen und eingetauscht gegen die zweite Heimat wider Willen, zurückgekehrt in das, was erste Heimat war und nunmehr weniger ist als nichts: eine Anschrift, eine Gewohnheit, ein Balkon. Das ist meine Geschichte, du kannst sie in meinem Gesicht nachlesen, in diesem stumpfen Blick, in jeder Pore meiner Haut und in dieser nachlässigen Bewegung, mit der ich mir über die Augen fahre, über die Falte, diese eine, sorgfältig zwischen die Brauen gelegt von der sonst so tatenlos tätigen Zeit. Dies die einzige Bewegung, die mir bleibt; der Rest ist Bequemlichkeit, der Rest ist: nichts, ich sagte es schon, nichts, übrig, von früher.

Das reicht uns nicht, Karl. Wir sehen viel mehr.

Von wegen, die Nacht. Und darunter meine Hände, Füße. Mehr nicht. Die Scheinwerfer der Fahrzeuge, die die Stadt auch jetzt noch nach Süden verlassen. Nicht mehr als diese Art, den Blick regungslos schweifen zu lassen, eben weil sich nichts mehr bewegen lässt an mir, nichts weiter.

Aber was tust du da, Karl? Schaust dich an wie jemanden, den du für eine Weile auf dem Balkon des gegenüberliegenden Gebäudes betrachten kannst, dich fragend: dieser Mann, friert der nicht, und zurückgehen in dein dunkles Zimmer, das große, und denken: was für ein Mensch, der dort steht in der Mitte dieser Nacht, wieviel Uhr ist es eigentlich, drei, nein: zwei; wie ein Leben, auf das du keinen Zugriff hättest, und das dich auch gar nicht interessiert, soll er doch, denkst du, jeder muss sehen, wo er bleibt, und bleibt er wirklich und sieht nichts mehr, es hätte ihm doch freigestanden, jederzeit, der Weg zur Tür– Sag nur, Karl, warum bist du geblieben? Wozu diese Strafe?

Warum. Was für ein Wort. Weil–

Wozu?

Weil das, was ich nicht mehr sehe, aber glauben muss, beim Blick zurück in Schlaglichtern, Scheinwerferlichtern, durch mein trübes Leben fährt; eine Geschichte, die sich ablesen lässt von meinem Gesicht, halte ich es in die Sonne, nehme ich es heraus aus dieser Dunkelheit, eine Vergangenheit, die sich noch immer gegen diese Gegenwart sperrt, gegen die Unbeweglichkeit des anbrechenden, abbrechenden Tages, gegen das ewig gleiche Spiel von: Aufstehen, Abgehen, Umdrehen, Zurückkehren, gegen den Weg und den Schalter und die Arbeit und die Nacht. Weil ich im Rückblick sehen muss, wie ich hängengeblieben war in einer Zeit, die ich für teilbar hielt zwischen ihr und mir. Die jedoch die meine war und nicht die ihre, so dass ich herausfallen musste aus ihr, als ich es endlich erkannte, um nie wieder zu landen auf eigenen Füßen und mich auf immer zu entfernen, von ihr wie von mir, seitdem gefangen in diesem Schweigen; weil ich ihr das schuldig bin, diese Strafe: für sie.

Du sprichst in Zungen.

Mir fehlen die Worte.

Sie, die Zeit?

Ja. Nein. Sie, die Liebe, besser sie–

Oh.

–diese Frau. Die Spuren hinterlassen hat auf meiner Stirn, Fluchtpunkt dessen, was ich zu verbergen versuche in meinem Blick. Sie, die Zeit vor der Bequemlichkeit, in der ich noch gehandelt habe, anstatt mich nur behandeln zu lassen: von Umständen, Tagen und Stunden. Als ich noch selber Einfluss nahm. Was man gemeinhin Jugend nennt, oder Kraft, oder Willen, was sich bis heute noch fassen lässt im verlogenen Wort Vergangenheit.

Verlogen nun gleich! Benutzt es doch selbst.

Weil es versucht, aus der Gegenwart zu verbannen, was sich auf immer daran bindet! Das Wort zu ersetzen durch: Gesicht, allein das wäre ehrlich. Schon Geschichte behauptet Lösung, wünscht sich Entfernung von sich selbst.

Sehr philosophisch. Woher, wohin, darum geht's. Was du da treibst.

Woher, meinetwegen, ich sagte es schon: aus dieser Stadt. Geboren und aufgewachsen, Eltern gehabt und die Schule beendet. Ausgewachsen: in vier eigene Wände. Wollte von dort aus Jurist werden, das Rechte vom Falschen zu unterscheiden; blieb in dieser Stadt, der Umstände und ihrer Größe wegen. Doch Größe lässt sich teuer bezahlen, und die Eltern hatten auch andere Kinder. Weshalb ich mir eine Arbeit suchte, um das Studium zu finanzieren: eine bewegliche Schicht, am besten nachts, damit ich die Vorlesungen nicht verpasste. Fand mich dann am Bahnhof ein, man suchte dringend Personal; sah mich schon bald als Nachtzugschaffner durch schwächlich beleuchtete Flure wanken, quer durchs Land, und machte Strecke. Was für Zeiten: tags der Blick auf Paragraphen, nächtens in die Abteile hinein. Fremde Sprachen in den Ohren, traumloser Schlaf auf schmalen Liegen; Koffer heben, Fahrkarten prüfen, dünne Laken zu schweren Decken; und vor dem Fenster die leuchtende Nacht. Die immer länger wurde, mit der Zeit, wie der Gang in die Vorlesungen selten, und seltener noch der Weg zurück, vom Bahnhof heim in das reglose Zimmer; größer das Gefühl für das Morgenlicht, frühglänzend hin zum Horizont, auf verschlungenen Schienen, in alle Ferne. Beim Einfahren des Zuges die Städte am Geräusch der Gleise erkennen: klang Basel anders als Prag, Berlin Zoo anders als Wien West, anders das Geräusch der belgischen Waggons auf dänischen Schienen als der deutsche Zug bei der Anfahrt auf Paris. War ich heimlich zwischen den Orten gelandet, und immer daheim. War auf den Geschmack gekommen, kam an bei ihr.

Ihr, die Liebe.

Nein. Ja, ihr, diese Zeit. Mit ihr, Lucie. Dass ich vergaß, was Sinn des Ganzen gewesen war: das Studium zu finanzieren. Ließ den Preis des Studiums zum Hauptgewinn werden, vergaß die Hörsäle bei Tag zugunsten der Züge bei Nacht. Die Frage nach dem Wahren und Rechten verloren zugunsten einer Antwort, das Schöne betreffend; die alten Ziele, vertrauten Gesichter, die Freunde und Bekannten, das Leben bei Tag zugunsten der Fragen bei Nacht, all jener, die von den Bahnhöfen in die Züge flossen, Abend für Abend, *tell me, what time*– Kam selten zurück am frühen Morgen, um die Tage heimlich zu verschlafen, das Sonnenlicht hinter Vorhängen verborgen, hier. War heimischer dort, zwischen den Grenzen, war nie zu erreichen; wurde schon längst nicht mehr angerufen, nahm folglich den Hörer nicht mehr ab. Legte mein Ohr an die Gleise stattdessen, hörte das immer neue Quietschen spiegelglatter, beruhigender Schienen; gehorchte den Durchsagen aus fremden Worten, den Abschiedsgesten und mutigen Blicken, dem verhallenden Echo fremder Schritte, liegengeblieben jenseits der Abteile, beim Anfahren des Zuges, plötzlich erkaltet unter den hohen Gewölben der Bahnhofshallen. Wie schnell ein Gleis sich leeren kann. Die Türen schließen automatisch, und nur der Schaffner hat den Schlüssel; der Nachtzugschaffner gibt das Zeichen, allein damit hat er schon recht, er ist der erste, der den Zug betritt, der letzte, der die Abteile prüft, die geleerten Abteile voll abgestandener Luft, der die Reste fremden Atems mitnimmt am Ende der Reise, hinaus in den frischen Morgen, der seinen Absprung hört auf die Plattform fremdvertrauter Gleise, den Weg aus dem Bahnhof hinaus findet, wieder und wieder, den Klang der eigenen Schritte auf den nachtfeuchten Gehwegplatten, der einen Ort sucht ganz in der

Nähe, eine warmen Ort für den ersten Kaffee des Tages, ehe die Reise weitergeht, zurück vielleicht, in die nächste Nacht.

Woher, wohin, das war keine Frage. Man sah mich kundig und immer zur Stelle, man zahlte meinen Einsatz und schickte mich ans nächste Ziel, und das war es, was ich suchte: Ich war geschickt, ich war der Schaffner, ich hatte den Schlüssel, ich war im Recht; das Studium war überholt. Das war meine Antwort. Man bot mir eine volle Stelle, ich nahm sie ohne Zögern an, sie war meinen Kenntnissen angemessen; nur die vier Wände, die alten, die waren es nicht. Ich suchte eine neue Bleibe und fand sie, wo ich mich auch heute noch finde, Jahrzehnte später, heute: hier: einen Katzensprung vom Bahnhof entfernt, dem Ausgangspunkt, dem symbolischen Anker; ein möglicher Ort, zu dem ich einen Schlüssel besaß, um die Haustür zu öffnen, den Briefkasten zu leeren, in die Wohnung zu treten; vier Wände, Dinge zu hinterlassen, Kleidung zu wechseln, nach dem Hörer zu greifen, folgenlos, und bei Anbruch des Tages ins Bett zu gehen.

Sofern ich kam. Dann allein und für wenige Tage, dann schlief ich aus und ließ niemanden ein. Tagtraumphasen, gänzlich losgelöst von dem, was Zielpunkt meiner Nächte war: eine Bar in Paris, ein Katzensprung vom Bahnhof entfernt, ein Ausgangspunkt, ein symbolischer Anker; eine Frau, zu der ich bald den Schlüssel besaß, um ihr die Hand zu öffnen, die Tasse zu leeren, in ihr Blickfeld zu treten; ein guter Ort, um anzukommen, nach ihrem Herzen zu greifen, folgenschwer, und bei Anbruch des Tages ins Bett zu gehen.

Ist das Glück?

Was für ein Wort. Es war eine unüberschaubare Verkettung glücklicher Umstände; es war: jedes einzelne Fahrziel, die Wachheit bei Nacht, der Blick in die Dunkelheit. Das Niemandsland zwischen den Grenzposten. Die Kontrollen, unerbittlich. Dramen, wenn man sie besah, ich sah nicht hin; ich sah mein Schaffnerabteil, die gedämpfte Nachtbeleuchtung und die ratternde Stille. Ich fuhr von Hamburg nach Basel oder Paris, von Köln über Brüssel nach Amsterdam, von Berlin nach Warschau, Wien oder Prag, lotete Grenzen aus zwischen ungleichen Ländern, Sprachen, Systemen, zwischen Abend und Morgen und Tag und Nacht. Das Gefühl für die Schwelle, jenseits des Ortes; der Geschmack für den Stillstand in Raum und Zeit; der immergleiche Halt auf den Nebengleisen, um Express- oder Transportzüge vorbeizulassen. Eine tonlose Art der Verbindlichkeit: dass man wartet im Grenzgebiet zwischen zwei Ländern, Sprachen, Systemen, zwischen Morgen und Abend und Nacht und Tag, zwischen Aufstehen, Abgehen, Umdrehen, Zurückkehren; dass man dennoch weiterfährt, nach einer Zeit; dass ich fortwährend in Bewegung blieb.

Was aber war jedes einzelne Fahrziel gegen die Strecke nach Paris. Die wachsende Vorfreude, spätestens beim Wartehalt nahe der Grenze, ehe der Zug sich noch einmal nach Westen wendet, über unbeseelt dahingestreckte Felder und Hügel, ein paar Erhebungen hier und da, hier eine Kirche, dort ein Turm. Die nächste Grenze, ein letzter Halt. Dann plötzlich: die wachsende Ahnung der nahenden Stadt, anschwellend wie das erste Leuchten des Tages, ein tonloses Beben hinter den Scheiben, das

Häuser ballt und die Lichter der Straßen bündelt, bis dass es verwundert, wenn sich die Fassaden der Gebäude einmal von den Gleisen zurückziehen, offenem Gelände weichen, wenn es einmal keine Beleuchtung gibt, die von außen, schonungslos, das Innere des Zuges erhellt; wenn dann die Nacht vergeht und der Zug einfährt von Norden in die Stadt, der Reise ein Ende zu bereiten, mich ankommen zu lassen in der zweiten Heimat dieser Jahre, rasch mein Abteil zu räumen, die der Reisenden zu prüfen, aus dem letzten herauszutreten, als sei ich selbst zu Gast gewesen; die letzten Handgriffe zu überstehen, im Schlusssprung auf die vertrauten Gleise, das Geräusch meiner Schritte im überwachen Ohr; der zügige Gang vor den Bahnhof hinaus, die Luft des Morgens einzuatmen, und gleich wieder hinein in diese Bar, anzukommen, »Le Terminus«, endlich zurück zu sein bei ihr.

Ich habe es erst im Nachhinein benannt: als Glück, diese Zeit. Ein Wort, das zu denken ich mir verboten hatte, wie viele andere, diese Frau betreffend. Was das war, sie zu treffen. Wie das ging. Morgens in eine Bar zu treten, den Kaffee zu bestellen wie tags davor in einer anderen Stadt, einer anderen Sprache, und etwas geschieht. Wie überhaupt: sich nahe zu fühlen einer Stadt, weil man in der Lage ist, einen Kaffee zu bestellen; wo das möglich ist, kann man so fremd nicht sein. So auch hier: Bestellte meinen Kaffee am frühesten Morgen, wissend um ein kleines Fenster Zeit für mich allein, den halben Tag auf festem Grund, ehe es weiterging, zurück; und sah dieses Gesicht hinter dem Tresen stehen, den Hinterkopf verdoppelt von der Spiegelwand, daneben, gespiegelt: mich, meine eigenen, müden Augen, zufrieden der Tasse zugewandt; das Gesicht einer Frau, die sich schon nicht mehr dem Gast zuwendet, dem bereits bedienten, sondern den Blick in die Zeitung taucht, in die nächste Bestellung, in den von Pendlern belebten, verspiegelten Raum. Wie seltsam, dachte ich später oft, wie diese Spiegel, die Menschen und Gesten, Säulen, Passanten, Tische und Stühle so zahllos verdoppeln, wie sie den Raum nicht zu füllen vermögen, ihn vielmehr bloßstellen in seiner Leere, wenn man dort einmal allein erscheint, eine Frau zu suchen, zum Beispiel, das vertraute Gesicht, wenn man die einzige Bedienung, einen Mann, um Auskunft bitten muss, nicht in der Lage, den Kaffee, den ungefragt vor den Händen, auf dem Tresen abgestellten Kaffee anzurühren, und sei es mit den Augen, wie seltsam, dachte ich genau einmal, dass man sich heimisch fühlen kann an einem solchen Ort, in diesem austauschbaren Raum, und plötzlich so unsäglich verloren. Und doch, so ist es gewesen.

Doch zunächst kam das Heim. Nicht sofort, versteht sich, nicht am ersten Morgen, als sie nicht mich ansah, sondern die Schlagzeilen des Tages, den Ministerwechsel, die Ölpreise, die Fahrradfahrer durch das Land; nicht sogleich gefunden: die zweite Heimat am Ende des Bahnhofs; aber bald. Paris war ein Ort wie andere auch, ein Ausgangspunkt, ein symbolischen Anker, soweit; ich hatte mich nie daran gewöhnen müssen, die Stationen als solche zu betrachten, sie waren Teil meines Systems, eines Alltags, der mir richtig schien; so gut. Nicht im Traum wäre mir eingefallen, einer Stadt den Vorzug zu geben, einen Bahnhof lieber aufzusuchen als andere, meinen Dienstplan danach auszurichten, dass sich dort eine Bar befand, ein Kaffee, den in ihrer Sprache zu bestellen mir inzwischen unverzichtbar erschien. Es muss einer dieser Morgen gewesen sein, dass sie ihren Blick auf mir liegen ließ, um festzustellen, dass ich ihr gegenübersaß: wie so viele der anderen Nacht- oder Früharbeiter in meinem Rücken: wie schon so oft. Allein dieser Blick, etwas verschwamm vor meinen Augen, zog sich zusammen zu einem Bild, die Spiegelwand, ihr Hinterkopf, daneben mein müdes, zufriedenes Gesicht, und vor allem sie mit ihrem Blick, wachsam in meine Augen gerichtet, fast ungerührt und mitten hinein. Eines Morgens hat sie eine Grenze übertreten, mich herausgeschaut aus meinem Zwischenstand, ganz unverhohlen, ganz leise. Sie habe es nicht gemerkt, sagte sie später, doch ich habe ihr nie geglaubt. Ich habe seit diesem Morgen diesen Blick gesucht, habe getan, was mir möglich war, um ihn wiederzufinden, gerichtet durch meine Augen hindurch in meine tiefsten Tiefen; etwas war geschehen, mit mir, Undenkbares, Großes, um mich geschehen. Nun war es an mir, zu handeln.

/ Was ich tat, indem ich wiederkam. Begann das Undenkbare umzusetzen: den Dienstplan, die Arbeit anzulegen an dieses Ziel, die Fahrten wenn möglich an ihr entlang. Kaum fiel es auf, war ich doch sonst mit allem zufrieden: nahm Uhrzeiten, Schichten wunschlos hin, ließ mich über den Kontinent scheuchen, bat niemals um einige Tage daheim, verbat mir Schlaf, jede Schonung; je dichter die Fahrten, je weiter die Strecken, desto besser war es um mich bestellt: sofern sie mich über Paris führten, solange man mir erlaubte, innezuhalten am »Terminus«, solange wollte ich zufrieden sein. Der Rest an Entscheidungen blieb mir gestohlen, ich zog hemmungslos mit, zog pausenlos weiter. Spürte das Ende der Gleisbahnen auf, nach Südwesten hin zum Nordbahnhof; sah ihrem ersten Blick entgegen, dem Augenaufschlag über den Tresen, so wach bei jedem Wiedersehen, so zusehends müde, wenn sie nach einigen Nächten mit mir dennoch pünktlich ihre Schichten begann, die untauschbaren, ersten, die ihr in der Frühe geblieben waren: Wach dann im Geiste, müde in den Gliedern, wenn ich, der fremde Freund, sie am Morgen zu ihrer Arbeit begleitete, meinen Kaffee vor ihren Augen trank, mit ihr im Wechsel die Zeitung las, ich sitzend, sie stehend, gemeinsam am Tresen, auf dessen feucht gewischter Fläche unsere Unterarme festklebten, was wir, einander gegenüber, erst merkten, wenn wir uns anstießen: einer Nachricht wegen, eines Bildes oder eines Gedanken; wenn ich gähnte oder sie ihren Platz verließ, um ihrer Arbeit nachzugehen.

Und während ich sie zum Zielpunkt der meinen machte, legte sie die ihre um, arbeitete Schichten vor und nach, scheute sich nicht, mich müde zu erwarten, wissend, dass auch ich das Schlafen vertagte auf unbestimmte Zeit. Dass wir uns trafen am frühen Morgen mit ein paar Tagen im Gepäck, die wir uns schenkten mit großem Gähnen, um sie auszukosten zwischen kühlen Laken, die Morgensonne auf geschlossenen Lidern, wortlos zufrieden, allein, zu zweien, als Insel inmitten fremder Stunden, wir–

Nahtlos verwobene Grenzgebiete?

–tatenlos glücklich–

Das Undenkbare als Handlung begreifend?

Indem ich verlässlich wiederkam, stets von neuem, wieder und wieder, für sie, mein Leben, in ihren Augen, verschoben, undenkbar, in ihrem Sinn–

Deinen Fluchtpunkt zu suchen in ihrer Nähe?

Als ob ich meinen Fluchtpunkt suchen ging in ihrer Nähe.

/ Was ich nicht tat, weil ich nicht blieb. Verzichtete, das wirklich Undenkbare umzusetzen: ein gemeinsames Ziel mit ihr zu finden; zog es vor, das meine im Blick zu behalten: die Bewegung, das Reisen, den Weg durch die Nacht; die Strecken, die Städte, die Grenzen. Das Wiedersehen aber, die Sehnsucht, der Abschied; mein Kommen und Gehen, ihr Warten und Bleiben, all dieses hinter mir zu lassen zugunsten eines gemeinsamen Ortes, das war, was ich niemals zu denken versuchte, was ich mir gar nicht verbieten musste, weil es keinen Raum fand in meinem System. Wir trafen uns im »Terminus«, wir sahen uns in fremden Städten, sofern es ihr gelang, freie Tage anzusammeln; sofern es einmal nicht gelang, dass ich wie meistens zu ihr fuhr. Zwei kostbare Tage in Lyon, ich legte meinen Anzug ab, ich bewegte mich tastend, als sei ich Tourist; mehr zu sehen von Prag als das, was der Bahnhof davon zeigte, gemeinsame Blicke auf Wiener Fassaden, Brüsseler Märkte, Mailänder Gassen, das Wasser, in dem sich Rotterdam spiegelt, der Himmel am Abend über Turin, die Schönheit des Rheins auch bei Nieselregen. Wir waren gut im Abschiednehmen, jedes Wiedersehen blieb ein Genuss; wir wussten umeinander durch Raum und Zeit, wir hatten uns, wir hatten es gut. Wie ich es genoss, sie in der Ferne zu wissen, in ihrer Ferne mir so nah; ihr Postkarten zu senden aus den Städten, die ich mit ihren Augen sah, Liebe Lucie, weißt du noch, Liebe Lucie, hier fehlst nur du, Liebe Lucie, so ist es wieder, Liebe Lucie, wann sehen wir uns. Die Gemeinsamkeiten zu suchen, zu erinnern, das unvermittelt Unverstellte, das gegenwärtig Handhabbare, jenseits all dessen, was ich als Bedrohung empfand: ein fester Ort, ein fester Kreis, ein gemeinsamer Raum, ein gemeinsamer Schlüssel. Terminierte Telephonate. Pflichtbewusste Bestandsaufnahmen. Zu Schaden gekommene Zweisamkeit. Stattdessen: wir zwei, mein kostbarstes Gut. Wir hatten keine gemeinsamen Freunde, hier kannte man mich, dort kannte man sie; nur wir selbst kannten uns. Wir hatten Orte, die es aufzusuchen lohnte, weil sie uns ein Wiedersehen ermöglichten: meine Schienen, ihre Wohnung, dazwischen lag »Le Terminus«, dazwischen blieben immer wir.

Ihre Wohnung war ein schmaler Schlauch im Hinterhaus eines ungepflegten Wohngebäudes, nur wenige Häuserblocks vom Nordbahnhof entfernt: schmale Räume im Erdgeschoss, am Rande einer hohen Schlucht, ein imposanter, langer Flur, als verbänden sich hier zwei große Säle. Stattdessen gänzlich unverbunden: zwei kleine Zimmer, Erinnerung an die Gänge des Zuges bei Nacht; am Ende der Flucht, einander fern gegenübergelegt, höhlengleich: zwei Kammern. Deren Einrichtung mich stets von neuem verblüffte: die Art, wie sie das Bett gestellt, die Bücher sortiert, den Schrank verkleidet hatte; das alte Photo an der Wand, sie mit Geschwistern, dahinter ein Feld; der alte Wecker neben dem Bett. Dazu das fehlende Licht, die dumpfen Geräusche der zahllosen Nachbarn; vermischte Gerüche fern ihrer Quellen, auch sie, wie wir: fast ohne Spuren, trotz ihrer Menge: unsichtbar; dazu der Blick in den Hinterhof, ein farblos hallendes Quadrat, das der Concièrge am Morgen fegte, mit schmalen Lippen, großen Gesten. Wie gern kam ich zu ihr, wie wenig Bedeutung maß ich diesen Räumen bei; wie überraschte es mich, beim Wiederkommen Spuren meines letzten Besuches zu finden: ein achtlos vergessenes Kleidungsstück, gewaschen, gefaltet in ihrem Schrank; eine Zeitung, halb ausgelesen, noch immer auf dem Küchentisch liegend; einen Haken, den ich angebracht, ein Glas, das ich gespült, einen Stuhl, den ich umgestellt hatte. Stellte es fest und verlor kein Wort: Ich hatte mein Herz verloren, darauf kam es an, und das Schweigen, in das sie meine Verblüffung hüllte, ich ließ mich davon nicht beirren. Wie auch von diesen Räumen: nicht, so heimisch ich mich darin fühlte, so sehr sie mich auch glauben machten, ich hätte kaum den Zug verlassen. Ein möglicher Ort: Ich kam zu Besuch, ich kam nur zu gern, ich kam sogar, wann immer es ging. Der Schlüssel zu alledem lag bei ihr, sicher, versteckt; sie sollte ihn behalten.

Ein falscher Schluss, wie ich jetzt weiß; ein trügerisches Recht. Blieb ich allein zurück darin, mitsamt meiner stummen Genügsamkeit; derweil sie sich bald nicht mehr genügte, gänzlich allein, im Stillen, mit mir. Leise begann sie, nach mehr zu suchen, nach haltbaren Zeichen, Haken und Ösen, leise und fordernd mehr zu verlangen als gemeinsame Gänge von der Bar ins Heim, vom fremden Bahnhof ins nächste Café, die versteckte Pension, das kleine Hotel; begann so die Zeit, in der sie beständig, verlässlich, genug hatte: der unvertrauten, immer neuen Wege unter freiem Himmel, von meinen Schienen und ihrer Wohnung, genug dieser Nähe nur für uns, in Anführungszeichen eingefasst, ausgespart aus Raum und Zeit. Sie fühlte sich im Atmen beengt: weil unsichtbar und weit entfernt, sich wirklich, deutlich, endlich zu zeigen, sich bleibenden Blicken auszusetzen, eine Haltung zu finden für sich mit mir; sah sich verzweifelt nach Antworten um, die passen würden zu ihren Fragen, die sie sich hätte zulegen können, sich umwerfen dürfen, um ihre Schultern, um dieses befremdliche, mögliche: Glück. Dass sie vorschlug, nach all den zahllosen Orten, mich endlich einmal bei mir zu besuchen, mich zu begleiten, heim, hierher. Was ich ihr lächelnd zugestand, wennschon mir allein der Gedanke missfiel, stets überfordert von diesen Räumen, immer von neuem: von dieser Wohnung; ein Zufall beinahe, den Schlüssel zu besitzen, gelegentlich hineinzutreten, stehen zu bleiben in dieser Stadt. Diese Wohnung, zu der ich so selten die Tür aufschloss, wie beiläufig dann, wie lustlos geübt, jedes Mal bemüht, nicht zu stolpern, den Lichtschalter zu finden, die Türen von Bad und Küche nicht zu verwechseln, mich nicht zu wundern über Spuren, die ich wie bewusstlos hinterließ: den Haken, den ich angebracht, das Glas, das ich gespült, den Stuhl, den ich umgestellt hatte.

Und ließ sie also Eingang finden in das, was sie für die Entsprechung hielt: zu ihrer Wohnung, Heimstatt, Bleibe. Und sah das Befremden in ihrem Blick, kaum dass sie den Flur betreten hatte, die zunächst schüchterne, bald bekümmerte Suche nach etwas, das mir ähnlich sah, was diese Wohnung mit mir verband. Ein Bild an der Wand, womöglich von ihr; ein Buch, über welches wir gesprochen, ein Kleidungsstück, das ich getragen, einen Ausblick, den ich von Herzen beschwor; was diese Stadt zu bieten hatte, was mich darin hielt; wie es gewesen war, hier geboren zu werden und aufzuwachsen, Eltern zu haben, die Schule zu beenden. Wie nah der Bahnhof liege, rief sie aus, einen Katzensprung von der Wohnung entfernt, fast wie bei ihr; die Art, wie ich meine Kaffeetasse mit beiden Händen hielt, es sei dieselbe, lobte sie; unverwechselbar auch mein erwachender Blick, zögerlich in den reifen Tag, auch meine Hände erkenne sie wieder, meinen Geruch, meine Stimme, stellte sie fest; ich nickte ihr zu. Das alles war da, sie sah es wohl, der Beweis lag in meiner Gegenwart; sie versuchte, mein Lächeln zu erwidern, vergeblich suchte sie nach mir. Und fand wenig mehr als meine Schatten, archiviert und unbeseelt; daneben nichts, was ihr meine Vergangenheit erhellt hätte, mein Leben ohne sie, meine Geschichte. Sie hielt mich für verschwiegen, hielt diese Abwesenheit für ein einstudiertes Spiel, ernsthaft, präzise ausgeführt; eine Haltung, die aufzugeben ich im Stande wäre, sofern sie mich nur darum bäte. Allein das gab es nicht, keine Haltung; sie suchte vergeblich, ungläubig; sie verstand nicht, dass ich keine Wohnung besaß.

Später verzichteten wir, uns an diese Tage zu erinnern; als ihr Kollege im »Terminus« sie in meinem Beisein fragte, wie ihr meine Stadt gefallen habe, sagte sie nur, sie habe die Sprache kaum verstanden.

Ich habe seit diesen Tagen diesen Blick gefürchtet, habe getan, was mir möglich war, ihn zu vermeiden, ihr fragender Blick: gerichtet durch meine Augen hindurch in meine tiefsten Tiefen; etwas war geschehen, mit ihr, Undenkbares, Großes, um sie geschehen, und es wäre an mir gewesen, entsprechend zu handeln, anzusprechen, nachzuforschen, umzudenken. Doch ich verzichtete, derweil ein neues Schweigen wuchs, das Abwenden der Augen, eine neue Art, mit der sie sich das Haar aus dem Gesicht strich; sah sie an mit gleichen Augen, wunschlos zufrieden, während sich leise etwas verschob, etwas verschwamm vor meinen Augen, zog sich zusammen, ein neues Bild. Ich ließ sie hin und wieder berichten von befreundeten Paaren, die ich nicht kannte, deren Wohnungen eng wurden, mit den Jahren; von ihrer Schwester, die vor die Stadt zog, der Kinder wegen; von Berufen, die gewechselt, Wegen, die verworfen, Zielen, die gesteckt wurden, hier wie da; von Zeiten, die sich änderten; von befreundeten Paaren, im Begriff, sich zu trennen. Ich hörte zu und hörte nicht hin, ließ mich im Zuhören aufhalten, manchmal, von einzelnen Worten wie: Haus, oder: Garten, von: Kinder, Jahre, oder: Papiere; ich fragte, woran man ein Paar erkennt. Ein Paar lebt zusammen, erklärte sie, ein Paar bemüht sich um räumliche Nähe, ein Paar ist bereit zu Kompromissen, ein Paar sucht zwei Menschen zu entsprechen. Entspreche ich dir nicht mehr, fragte ich bei einem meiner Besuche, leise flüsternd in ihr Ohr, bin ich denn nicht da? Doch, sagte sie, deshalb musst du jetzt bleiben. Ich bin schwanger, sagte sie, du entsprichst nicht dem, was ein Vater wird, wir sind ein Paar, wir sollten es bleiben, jetzt geht es um mehr als nur um uns zwei. Und sah mich sehr aufmerksam an, wie beiläufig erwartungsfroh; sah mir zu, wie ich aus meiner Starre erwachte, ungläubig die Augen rieb, die Stirn in Falten legte, in eine einzige, große Frage, sorgfältig zwischen meinen Brauen; hörte, wie ich zu lachen begann, ein zögerliches, kleines Lachen, in dem ich mich kaum selbst erkannte, ein hilfesuchendes, linkisches Kichern, ich hatte es seit meiner Jugend nicht mehr aus meinem Mund gehört, dieses kehlige Glucksen: überwunden geglaubt und abgelegt wie jene Jahre, in denen die Stille zwischen zwei Menschen so regelmäßig überhandnahm, so verlässlich drohte, die Einsamkeit, die trostlose Leere zu versiegeln, dass man sie wegzulachen versuchte und sich in kraftlosem Atmen verlor. Ist das Freude, fragte sie, was sagst du dazu, und hatte die Antwort bereits im Mund, was lachst du so, sagte sie, und: glaubst du mir nicht. Natürlich musste ich ihr glauben, über Vertrauen sprachen wir nie, doch war das meine ungebrochen, unantastbar, seit wir uns kannten; alles, sagte ich, und: ausnahmslos; allein dass mir die Worte fehlten, dass ich verlegen, verwundert sei. Was sie schon wisse, antwortete sie, was sie nur sähe; und suchte eindringlich nach meinem Blick, sah meine Lippen kraftlos um mein Lachen gelegt; dass ich mich beruhigen dürfte, sagte sie streng, es sei nicht mehr als ein Versuch, die Neuigkeit ein böser Scherz, tatsächlich sei alles beim Alten. Und sah mich unumwunden an, weiter den Blick in meine Tiefen.

Ich hätte mich retten können in einer Regung, die ihr einen möglichen Ausweg versprach, eine neue Richtung, den nächsten Schritt; tatsächlich blieb auch ich beim Alten, unfähig, die Erleichterung zu unterdrücken, kaum dass ich dachte, mich dagegen zu sträuben; ich lachte auf, endlich von Herzen, strich ihr fahrig über das Gesicht und scheute mich nicht, ihren Blick zu durchkreuzen, was du nicht sagst, lachte ich, und war schon längst fort mit meinen Gedanken, schlug vor, nun rasch das Haus zu verlassen, es sei schon so spät, sagte ich, bald ginge die Sonne unter, wir müssten uns beeilen, den Tag noch zu Gesicht zu bekommen. Und während sie meinen Vorschlag begrüßte, das Thema wechselte, mühelos; wir wie gewohnt, wie ungewollt, zum Spazierengehen das Haus verließen; während die Nacht sich deutlich senkte über der Stadt und ihre herbstliche Kühle auf der Seine ablegte, dass die Feuchtigkeit einem entgegenkroch, auf das Pflaster zunächst und von dort in die Glieder; während wir entlang des Wassers über Belangloses sprachen, über ihren Kollegen, meine nächste Fahrt, das mögliche, baldige Wiedersehen, ungezwungen Hand in Hand, währenddessen habe ich nicht einmal ihren Blick gesucht. Ich hielt ihre Hand und spürte hin und wieder ihre Schulter, wie zufällig die meine berührend; ich hatte mein Lachen schon längst vergessen. Und reiste ab am nächsten Tag, bewegt wie immer, gedankenfrei, die Sehnsucht beim Abschied schon in der Stimme; ich würde bald wiederkommen, sie wusste es; und sie würde warten.

/ Und hatte den Vorfall längst vergessen, diese Stille, mein Lachen und ihren Blick, als ich in jener Nacht zurückfuhr zu ihr: als ich meinte, wie immer zurückzufahren, dem nächsten Wiedersehen entgegen. Nichts fiel mir auf in dieser Nacht, zu vertraut diese Sehnsucht, die sich ungebrochen meiner Sinne bemächtigte, um ihr Gesicht vor jeden Ausblick zu schieben, den Klang ihrer Stimme in fremde Körper, die den Schlaf suchten in überfüllten Abteilen. Eine herbstliche Fahrt, man bat um zusätzliche Decken, ich schloss klemmende Fenster, sortierte die Ausweise, bestätigte Ankunftszeiten und nickte dem neuen Kollegen zu. Konnte hören, wie aus den Stimmen, den verwobenen Sprachen, ein Flüstern wurde, ein Zögern und Schweigen, ein tiefes, geräuschvolles Atmen; aus dem Rattern der Fahrt das verlangsamte Quietschen, das Stocken und Knacken, das Halten und Warten. Stand auf, den Blick auf die nächtliche Landschaft, meine Hand an der Uhr; und hielt inne, als der neue Kollege zu gähnen begann, zeigte wortlos auf die freie Liege, die im Dienstabteil zur Verfügung stand. Was sagt denn die Uhr, fragte der junge Mann, warum stehen wir hier, und legte sich hin. Dass das die Grenze sei, antwortete ich, es sei bald drei, das hieße: zwei; dass es diesmal nicht darum ging, einen Eilzug vorbeizulassen, nur diese eine, doppelte Stunde, damit der Zug einfahren könne zur richtigen Zeit. Und stellte dabei meine Uhr sorgfältig, geübt zurück, während der neue Kollege bereits zufrieden seine Beine ausstreckte; dann würde er ruhigen Gewissens schlafen, sagte er noch mit lahmer Zunge, zum Warten sei er wirklich nicht hier, und ob ich denn nie müde sei? Selten, sagte ich, zu selten, meine ganze Vorfreude in der Stimme, und schob den Ärmel meines Anzugs wieder über die Armbanduhr. Der Kollege nickte. Meine macht das von allein, sagte er noch mit schläfrigem Blick auf mein Handgelenk, Funk, sagte er, ist doch praktisch, und hatte die Augen längst geschlossen, und störte sich schon längst nicht mehr an der Beleuchtung des Abteils, an meinen Schritten hinaus in den Gang; dem vorsichtigen Verschließen der Tür.

Das warme Gefühl von Geborgenheit im reglosen, leblos verharrenden Zug, ein gelähmtes Tier, untätig in der Dunkelheit. Und in seinem Inneren ich, aufmerksam aus dem Fenster schauend, der Blick in den Himmel über zwei Ländern, die stumme, unbewegte Nacht; im Ohr kein Rattern, Ruckeln und Quietschen, allein das Ticken meiner Uhr. Die Reglosigkeit des Zuges: Wie die Fußsohlen das Beben in sich tragen, jederzeit bereit, das Anfahren auszugleichen, sich nicht umwerfen zu lassen von der Unebenheit der Gleise, und im Stillstand unsicher Halt suchen an Schwellen, Stufen; wie die sonst so stumpfen Ohren sich wachsam auf kleinste Geräusche richten, die Augen Bewegung vermuten in Häusern und Sträuchern, dass aus dem Erlöschen eines erleuchteten Fensters, dem sachte vom Wind bewegten Zweig, dem Vorbeifahren eines fernen Autos ein Zeichen eigener Regung würde; wie ich diese seltsame Lähmung liebte, zwischen Raum und Zeit: für die ganze Bewegung, die sie in sich trug.

/ Und werde den Vorfall nie vergessen, diese Stille, mein Wachen und meinen Blick, mitsamt dieser zeitversetzten Nacht: als ich meinte, wie immer zurückzufahren, dem nächsten Wiedersehen entgegen. Nichts fiel mir auf beim Verlassen des Zuges, beim zügigen Gang durch die Bahnhofshalle, dem ersten Blick in den städtischen Himmel; nichts auch beim Betreten der Bar, wo ich sie nirgends stehen sah, stattdessen die Leere, die großen Spiegel, doch war es Sonntag, die Pendler fehlten; ich stellte mich wie immer an den Tresen, wo mich der Kollege freundlich empfing, meinen Kaffee schon in der Hand, leichte Verwunderung im Gesicht, doch ich merkte nichts. Musste erst aufsehen zu ihm, um von dort in aller Ruhe den Blick schweifen lassen durch den ganzen Raum, in jeden einzelnen Spiegel hinein, und weiter zum nächsten, entlang der Wand; auch den Hals zu recken in Richtung der Küche, um sicher zu sein: sie war nicht da. Wie seltsam, dachte ich dabei, wie diese Spiegel, die Menschen und Gesten, Säulen, Passanten, Tische und Stühle so zahllos verdoppeln, wie sie den Raum nicht zu füllen vermögen, ihn vielmehr bloßstellen in seiner Leere, wenn man dort einmal allein erscheint. Und hob die Tasse an meinen Mund, mutig, sicher, mit beiden Händen, während der Mann hinter dem Tresen mich zögernd fragte, warum ich sie suchte, sie habe doch bereits gekündigt, seitdem habe er sie nicht mehr gesehen; doch dass ihn meine Verbundenheit freue, und ob ich schon jetzt, wie sonst, mein Gebäck? Ins Unendliche gedehnter Moment beim Verschlucken eines einzigen Wortes– Nein, sagte ich schnell, ich sei noch zu müde, sagte ich überwach, er sähe ja meine fahrigen Blicke; Gewohnheiten, schob ich noch hinterher, es sollte scherzhaft klingen und leicht, doch selbst in der Erinnerung will es mir nicht gelingen.

Die Stille beim Verlassen der Bar. Ich stehend an der großen Kreuzung, haltlos den dünnen Verkehr im Blick: zögernd erwachte der Sonntagmorgen. Links der Metrostation abzubiegen, den Weg einzuschlagen zu ihrer Wohnung, mich weiter vom Bahnhof zu entfernen: als hätte sie es mir verboten, wagte ich nicht, einen Fuß vor den anderen zu setzen. Dass ich es dennoch tat, lag an den Spiegeln im »Terminus«, ich sah mich noch immer am Tresen sitzen, die Tasse fest in beiden Händen; wie Lucies Kollege mir die Croissants zeigte, noch warm, sagte er, und: wie sieht's aus, während ich mich bereits langsam, sehr langsam vom Barhocker rutschen ließ, noch immer die Tasse in den Händen, bemüht, den Kaffee nicht zu verschütten, ein seltsames Geschicklichkeitsspiel; wie ich schließlich stumm verneinte, den Blick schon an der Tür, und fast vergaß, die Tasse abzustellen. Ich solle sie grüßen, rief er mir nach, und wiederkommen, jederzeit. Ich wusste mich, längst an der Kreuzung stehend, noch immer rücklings in den Raum gespiegelt, den unscharfen Blick des Kellners im Nacken, dass ich mich mit mutigen Schritten aus der Schusslinie bewegte, und vor lauter Verlegenheit ihrer Straße zu. Wie seltsam, dachte ich, die

Spiegel im Rücken, dass man sich heimisch fühlen kann an einem solchen Ort, in diesem austauschbaren Raum, und plötzlich so unsäglich verloren.

Und dann, Karl? Du schweigst?
Dann Schweigen.

Karl!

Mich rücklings in die Zeit gespiegelt, Lucies scharfen Blick im Nacken. Dass ich mich mutlos in die Gewissheit bewegte, dass sie auch in ihrer Wohnung nicht auf mich warten würde. Und dennoch den Weg der Deutlichkeit wählte, um vergeblich ihren Namen zu suchen, klar zu erkennen, frisch überklebt; ein Blick an den Klingelschildern entlang, in die Fenster ihrer Wohnung hinein, erkennen, dass dort Dinge fehlten, klare Zeichen, die ich kannte, wie auch ihr Name an der Tür, das Scharren der Tauben am Küchenfenster, das Fegen des alterslosen Concièrge, sein unwilliger, vertrauter Blick, niemals in mein Gesicht gerichtet.

Es war zu früh am Morgen, um klingeln zu können bei Nachbarn, die mich noch nie gesehen hatten; ich verzichtete darauf, eine Nachricht zu hinterlassen, ich ging ohne Zögern zum Bahnhof zurück, plötzlich sehr müde.

Und dann? Kein Telephon, keine Suche? Die befreundeten Paare, die Schwester vor der Stadt? Erzähl mir nicht, dass sei alles gewesen: ein kraftloser Gang zur Wohnung hin.

Nicht alles, aber das Wesentliche. Tatsächlich gab es wenig mehr, an das ich mich hätte halten können, um zu erfahren, wohin Lucie gegangen war: ohne Angaben über Familie, Freunde, kaum dass ich ihre Telephonnummer fand, hatte ich doch jeden Anruf, das distanzierte Ferngespräch, wo irgend möglich standhaft vermieden; ihr Anschluss war gekündigt worden, ganz wie die Stelle im »Terminus«. Ich hätte andere Mittel wählen müssen, insistieren, inquirieren, die Polizei um Hilfe bitten; doch was wäre das gewesen: Sie hatte mich mit meinen Mitteln geschlagen, still und leise, nun sah ich mich außerstande, ihr Handeln lauthals zu beklagen. Hinzu kam ein Brief, den ich fand, als ich nach langem wieder meine Wohnung betrat. Zwischen Wurfsendungen und Werbeprospekten und einer Urlaubskarte meines Bruders, die ich seit Jahren im Briefkasten liegenließ, fand sich ein Brief von ihr, kaum überraschte es mich, festzustellen, dass ich ihre Handschrift erst langsam erkannte: Schließlich war ich es gewesen, der Postkarten schrieb, sie hatte schon bald darauf verzichtet, ich sei schließlich nie zu Hause, ich wüsste nicht um dieses Gefühl: die Erwartung am Morgen, die Schritte des Postboten im Flur; sie wolle nicht meinen Briefkasten füllen, in Abwesenheit, mit verjährten Gedanken. Jetzt aber sei es an der Zeit, jetzt, schrieb sie, ginge es nur noch um alte Gedanken, die Zeit der Gegenwart sei vorbei; jetzt, schrieb sie, müsse sie mir schreiben, nach langem, wieder, ein letztes Mal, es sei an der Zeit, sich zu erklären, sofern eine Trennung erklärlich sei. Dass sie also versuchen müsse, was sich kaum beschreiben ließ, doch du kennst mich, schrieb sie, ich meine es so, schließlich habe auch ich dich erkannt; bleib bei dir, schrieb sie, zwischen den Orten, es küsst dich zum Abschied: Deine Lucie. Abgestempelt in Paris, ihre Anschrift hatte sie verschwiegen; datiert ihre Zeilen in jene Nacht, in der ich mich im Stillstand sah, reglos bewegt an der Schwelle zum Winter, den Himmel zweier Länder im Blick, im Mund die Ahnung ihrer Lippen.

So soll es also gewesen sein, das Ende dieses, wie sagtest du, Glücks?

So in etwa, was weiß ich schon. Als wäre ich nicht dabei gewesen: zu lange Jahre ins Land gegangen, zu wenige Schritte seither, danach. Der Anfang meiner Bequemlichkeit.

Weil du dich hast zurückbleiben lassen, zurückfallen, in diese Räume; weil du in der Folge verzichtet hast auf die Suche, die Fahrten, die Sehnsucht bei Nacht, von heute auf morgen, einfach so–

Einfach! So!

Erzähl mir nichts, wer glaubt dir das.

Am wenigsten ich selbst! Doch so ist es ja nicht.

So? Dann erzähl es mir, dass ich dir glauben kann.

Vielmehr ist es so, dass es sich einnisten kam, sehr stetig und leise: das falsche Heim. Nicht sofort, versteht sich, nicht am ersten Morgen, als ich ihren Brief in dieser Wohnung fand, nachdem ich mich selbst eingefunden hatte vor dieser Tür, den Schlüssel suchend, das passende Schloss, um Einlass zu finden in ein Gefäß, das zu füllen ich nie in der Lage war; diese zweite Heimat am Ende der Reise, einen Katzensprung vom Bahnhof entfernt, dieser

Endpunkt, die Landung wie außer mir; nicht sofort, versteht sich, aber bald, eine Frage nur von wenigen Wochen.

Hatte nur diesen Brief in der Hand, ihre deutliche Schrift, und weiter nichts. Musste einsehen, was ich über Jahre geleugnet hatte: dass auch ich eine Wohnung besessen hatte, eine wirkliche Heimat an erster Stelle, die nun verloren hinter mir lag. Dass ich mich fragen musste, wie ich hatte glauben können, es seien die Reisen gewesen, die mich belebten, die Fahrten über den Kontinent, die Bewegung, die Arbeit, der Blick in die Nacht. Ich hatte eine Erdung besessen, einen Ausgangspunkt und symbolischen Anker; eine Frau, die zu mir einen Schlüssel besaß, meine Hand zu öffnen, mich das Bleiben zu lehren; der beste Ort, um anzukommen, mein Herz zu ergreifen, folgenschwer, in jeder Zeit meine Heimstatt zu sein. Eine zweite würde es nicht mehr geben, nun blieb ich zurück: angekommen wider Willen, von jetzt an am Morgen und jedem Tag, an der Endstation stehend, verlässlich, allein.

Von jetzt auf gleich?

Ich sagte es schon: gemessen an mir binnen kürzester Zeit. Erfüllte weiter meine Schichten, machte Strecke, ohne dass sich jemand wunderte, dass Paris von meinem Dienstplan verschwand; dass ich dieses Fahrziel plötzlich mied, es aufgab, das »Terminus« aufzusuchen, wie beiläufig dort meinen Kaffee zu trinken, Lucies Kollegen von früher zu grüßen, leise hoffend, auch sie würde auf mich warten, wie nun er, mich anzusehen, bereit, mir meinen Kaffee zu reichen, endlich bereit mich endlich zu sprechen; gab es auf, wortlos durch die Straßen zu schleichen, die Seine entlang, auf Zufälle zu hoffen, auf Überraschungen und sich kreuzende Wege, als wäre die Stadt von handlicher Größe, als hätten wir feste Wege gehabt. Ich hatte mich um meine Rettung betrogen, von langer Hand ihren Plan gestaltet, mich selbst verdammt, die Stadt am Abend zu verlassen, um nicht die Nächte in immer neuen, fremden Zimmern verbringen zu müssen; dass ich es bald vorzog, den Bahnhof nicht mehr zu verlassen, nicht den Zug; in entgegengesetzte Richtung zu fahren, wenn irgend möglich die Stadt zu meiden. Begann stattdessen den Plan zu ändern, fuhr regelmäßig wieder heim, hoffte, sie würde mich dort suchen, sie hätte mir endlich ein Zeichen geschickt, träumend, ich könnte aus meinem Briefkasten ihre Handschrift ziehen, die unverkennbare, neuerlich vertraute, vielleicht noch nicht morgen, vielleicht aber bald; begann meine Wohnung zu gestalten, sie wohnlich zu machen in ihrem Sinne; begann mich zu üben im Bleiben. Denn das war es: eine Übung, kein Vergnügen; ein Versuch, dem ich mich mit Ehrgeiz stellte: wie viele Tage hielt ich es aus, wie viele Wochen allein, daheim, wie schnell gelang es mir wiederzukommen, wie viele Nächte ganz ohne Schlaf. Irgendwann hatte die Übung System, der neue Plan den alten ersetzt; bis sich eine Stelle am Bahnhof bot, die ich annahm, als habe man mich ertappt: um künftig ganz in der Stadt zu bleiben, einen Pflastersteinwurf von der Wohnung entfernt; um normale Arbeitszeiten zu pflegen, meine leblose Bleibe, den Abend daheim, den Kühlschrank zu füllen, den Wecker zu stellen, und am Morgen verschlafen das Haus zu verlassen. Wir hatten keine festen Orte, mit

Ausnahme des »Terminus«; es gab ihre Wohnung, jetzt gab es die meine. Das war mein letzter, großer Gedanke: Sollte sie ihr Leben versuchen fern des meinen, und daran scheitern, sie würde mich suchen, zurück, bei mir; nur dort wüsste sie mich anzutreffen, ich wusste es, und ich würde warten.

Womit ich mein Dasein zu fristen vermochte, mich einrichtete in dem neuen System; mir angewöhnte, dazubleiben, meinen Dienst zu versehen mit reglosem Gesicht, die immer gleichen Kollegen zu grüßen, die neue Kollegin, tonlos am Morgen; mich grüßen zu lassen, zurück, von ihr, schüchtern, versehrt; und einzuladen zu einem Getränk, einer Bekanntschaft, einer Nähe, überraschend streng meine Stimme. Ließ Dinge geschehen, Wochen verstreichen, Worte über die Lippen gehen; nahm Abstand, kam wieder; kam nicht darauf, mich auszudrücken. Kein Gefühl mehr für die schwankenden Gänge, ich fuhr Auto, und sei die Strecke noch so kurz: zu neuen Bekannten, alten Fremden; man wusste, wo ich zu finden war, am festen Ort, im festen Kreis, im gemeinsamen Raum mit gemeinsamem Schlüssel.

Seitdem ich die Züge nicht mehr betrat, zufrieden, andere auf Reisen zu schicken, schwankenden Fußes über die Grenzen; seitdem ich unwahre Dinge sagte, nicht mehr bemüht, zu unterscheiden, das Rechte vom Falschen, das Schöne betreffend; seitdem begann ich die Abende an den Tresen zu lehnen, diesen zynischen Ausdruck im Gesicht, mich selbst abzugeben, die verkniffenen Lippen, meine Hand gestreckt nach der »Zweiten Heimat«, allabendlich den Bahnhof im Rücken, allabendlich nicht mehr weit genug. Gelähmt saß ich an meinem Leben, an meinem Schalter, an der klebrigen Bar; wartete stumm auf ein Zeichen von ihr, befangen in meiner Bequemlichkeit. War mir zum besten Lehrer geworden, die tonlose Stumpfheit Beweis genug: aus der Übung eine Könnerschaft, aus beständigem Schweigen mein hohler Trotz. Dass ich mir stolz meine Trostlosigkeit vorführen kann, erfolgreich weiterhin, Abend für Abend: belangloser Endpunkt meiner Existenz–

Ein seltsamer Stolz–

–sich meiner bemächtigt, ich selbst nicht mehr handelnd, erlebnisfrei. Ich selbst mir selbst abhanden gekommen, verloren und fern.

Und nun, was bleibt?

Das, was ich sagte. Steht ein Mann auf seinem Balkon in tiefster Nacht, in alter Gewohnheit, und man fragt sich zu Recht: ob der nicht friert.

Karl.

Ein Mann Anfang Fünfzig, den man am frühen Morgen das Haus verlassen sehen kann, immer in Eile und immer verspätet, in der Frühe sein gewöhnliches Auto suchend, wo es nur heute wieder steht, und müde aussieht auf seinem Weg. Dieser verlebte Mann, ich–

Karl!

–verlässt täglich von neuem seine alte Wohnung, in der er nun einmal geblieben ist, mehr aus Zufall und schon vor zahllosen Jahren, nachdem er bereits in dieser Stadt geboren und aufgewachsen war. Dieser Mann, ich–

Du wiederholst dich.

Natürlich! Weil es darum geht! Dieser Mann–

Also du–

–der weiterhin wohnt in diesen zwei Zimmern, sich täglich von neuem abarbeitet–

Aber Karl. Das ist doch nicht alles! Wir sehen sehr deutlich–

Von wegen, die Nacht. Und darunter meine Hände, Füße–

Aber wie! Hast es doch selbst erzählt, trägst es doch deutlich in deinem Gesicht!

Die Schweinwerfer der Fahrzeuge, die die Stadt auch jetzt noch nach Süden verlassen? Diese verfluchte alte Art, mit der ich meinen Blick schweifen lasse, eben weil sich sonst nichts mehr bewegen lässt an mir?

Das ist doch erst der Anfang. Wir sehen viel mehr.

Erzähl.

Wir hatten gesagt: ein Mann, stehend, auf seinem Balkon. Wir sehen: dunkel die Zimmer in seinem Rücken, sehen: den Schauer über seiner Haut. Die Reglosigkeit, mit der er sich stehen lässt, trotz der Kälte (es ist Herbst), dazu die Tür in seinem Rücken weit und offen, sich hemdsärmelig festhält an dieser Brüstung und hinabschaut dabei auf die Füße des Hauses; wie er herabsieht auf sich und seine alte Geschichte, dass man ihm *endlich!* die Falte aus seinem Gesicht nehmen will, sie dazuzulegen, zu seinen eigenen Füßen. Wir stellen uns vor: diesen Karl auf seinem Balkon, wie er sich plötzlich aus seiner Erstarrung löst, weil etwas durch seine Gedanken fährt, und es sind nicht die Autos, es ist nicht die Zeit; sieht, wie etwas seine Aussicht durchkreuzt, um gleich neben ihm in die Tiefe zu stürzen, wie dort ein Ding an Tempo gewinnt, gleich neben seinem Kopf, am Balkon vorbei. Und lässt den Blick hinterherfahren, unmöglich, den Gegenstand zu erkennen, kaum dass sich die Größe bemessen ließe, ein toter Vogel, ein Meteorit; hört, wie es aufschlägt in der Tiefe, ein hartes Geräusch, ein Klirren und Scheppern, ein helles Glänzen auf dem Pflaster, in Teilen verstummt gleich neben der Tür. Dass er endlich einen Impuls verspürt, nicht wegen der Kälte, der Erinnerung wegen, nein: nachzusehen, was dort unten liegt, um endlich diesen Balkon zu verlassen. Und tritt zurück in das große Zimmer, die Balkontür wie im Vorbeigehen schließend; durchquert seine altvertrauten Räume, und wir sehen trotz der Dunkelheit, *sehen es schon, weil wir es wissen,* sehen zu, wie dieser Mann *Karl* seine Jacke vom Kleiderständer nimmt, seinen Schlüssel in einer der Taschen ertastet, um dann, den linken Arm schon halb in der Jacke, durch den unbeleuchteten Flur entschlossen *(hellwach)* seine Wohnung zu verlassen. Dass wir ihn *nur kurz!* aus den Augen verlieren, während das Treppenhaus sich erhellt; seinen Gang hinabverfolgen können, die Silhouette am Milchglasfenster vorbei, in Spiralen hinab bis zur Eingangstür. Wie er diese aufschließt *(»Nach 22 Uhr* VERSCHLOSSEN *zu halten!«)*, hinaustritt, bedächtig, und zunächst in den Himmel schaut, als hätte er nicht bis eben an der frischen Luft gestanden, als fragte er sich, ob Regen fällt, ob es schon Tag sei, oder möglich, im Zentrum der Stadt ein Sternbild zu erkennen; ehe er sich zur Seite wendet, um den Gegenstand ins Auge zu fassen, das Ding, das ihn aus seiner Starre löste. Entdeckt einen Wecker in seinen Teilen, das Gehäuse weiß verschmiert, das Sichtglas blind, die Außenhaut feucht, das Ganze wie von innen zerborsten, Rädchen und Federn glänzend verstreut, das dünne Eingangslicht reflektierend. Und geht in die Knie vor dem Ziffernblatt, unversehrt zu seinen Füßen, eine blanke Scheibe, ein Mondgesicht, handtellergroß, die Zeiger still; mit tastendem Finger an die Ziffern, liest laut, fast bewundernd–

Drei ...? Zwei ...?

–es sorgfältig wieder hinzulegen an seinen Platz, den frostigen Boden, mit beiden Händen, das kostbare Ding: als sei es ein Vogel, ein Meteorit; sich aufzurichten, zögerlich, den Blick zunächst die Straße hinunter, und dann hinauf, hinein in die Nacht; um endlich nach seinem Schlüssel zu fühlen, ihn prüfend aus der Tasche zu ziehen, den Autoschlüssel in die Hand. Sehen wir diesen Mann, Karl, sich abwenden von diesem Haus, ein letzter Blick hinauf zum Balkon, ob er wirklich geschlossen, die Lichter gelöscht, rasch die Hand an die Brust, ans Portemonnaie, und mutigen Schrittes den Weg hinunter, altvertraut seinem Auto zu; und hören ihn denken:

Karl *(im Gehen)*:

Eins. Ich. Mit mir. Nach all den Jahren eine Regung, ein fester Entschluss, eine greifbare Größe. Jetzt, endlich, eine echte Bewegung, die Gedanken von damals aufzusuchen, den Blick in die fahrige, dunkle Nacht; endlich zurück, dem Endpunkt entgegen, um anzukommen am frühen Morgen, zeitgleich das erste Licht des Tages, mit wachen Augen, mit aller Macht, mit ihren Mitteln sie suchen zu gehen.

XIII.

Dass man mitgehen möchte. Der Kälte zum Trotz die Glieder in Bewegung, der Müdigkeit zum Trotz mit dem Rücken zum Haus.

Möchte man?

Dass man seinen Kopf verließe, die Hände lägen noch auf dem Tisch. Die Lampen löschen, zum Beispiel, und fort zur Tür–

Wen meinst du jetzt?

–anstatt die schweren Lider–

Deine?

Ich sehe, es wird Zeit. Ich schalte meine Schreibtischlampe an. Ich lasse dich dein Gerät ausschalten, deine Schreibtischlampe; ich lasse dich zum Fenster gehen, den Rollladen herunterlassen, damit du dich zu Bett legen kannst, es war ein langer Tag. Vielleicht bist du zufrieden, du hast dir diese Nacht verdient. Ich bin unzufrieden. Mein Gerät ist kaputt, ich kann nichts mehr erkennen; ich schaue durch die Zeilen in tiefe Dunkelheit, der Bildschirm ist schmutzig, es ist nichts mehr zu sehen. Ich schalte das Gerät aus und ziehe behutsam die Hülle darüber, ich schiebe den Stuhl unter die Tischfläche, ich ziehe die Rollläden zu. Den Rechner lege ich sorgfältig in die Schublade meines Nachttischs, dort ist er am sichersten, dort wird ihn niemand finden. Ich prüfe, ob die Wohnung gut verschlossen war. Ich drehe den Schlüssel im

Schloss herum und trete leise vor die Tür. Im Flur riecht es nach Citrus. Ein Hund bellt. Ich werde jetzt den Müll hinunterbringen.

* [zitiert aus: Stefan Mattes,
Die Wirkung gerichteter Aufmerksamkeit auf die wahrgenommene Dauer kurzer Intervalle, Hamburg 1998]